宋·洪邁元本
清·王士禛編選

# 唐人萬首絶句選

中國書店

詳校官助教臣常循

臣紀昀覆勘

欽定四庫全書　集部八

唐人萬首絶句選　總集類

提要

臣等謹案唐人萬首絶句選七卷

國朝王士禎編洪邁唐人萬首絶句務求盈數蹖駁至多宋倉部侍郎福清林清之真文鈔取其佳者得七言一千二百八十首五言一百五十六首六言十五首勒為四卷名曰唐

絶句選見於陳振孫書録解題蓋十分之中汰其八分有奇然其書不傳無由知其善否士禎此編刪存八百九十五首作者二百六十四人更十分而取其一矣其書成於康熙戊子距士禎之沒僅三年最為晚出又當田居閒暇之時得以從容校理故較他選為精審然其序謂以當唐樂府則不盡然樂府主聲不主詞其采詩入樂亦不專取絶句士禎

此書實選詞而非選聲無庸務爲高論也乾隆四十九年閏三月恭校上

總纂官臣紀昀臣陸錫熊臣孫士毅

總校官臣陸費墀

欽定四庫全書

提要

欽定四庫全書

# 唐人萬首絶句選卷一

宋　洪邁　元本

刑部尚書王士禎選

## 五言一

王勃

### 寒夜思　三首

久别侵懷抱他鄉變容色月夜調鳴琴相思此何極

雲間征思斷月下歸愁切鴻鴈西南飛如何故人別
朝朝碧山下夜夜滄江曲復此遥相思清尊湛芳渌

別人

霜華淨天末霧色籠江際客子常畏人胡為久留滯

思歸

長江悲已滯萬里念將歸況復高風晚山山黃葉飛

盧照鄰

曲江花

浮香繞曲岸圓影覆華池常恐秋風早飄零君不知

駱賓王

易水

此地別燕丹壯士髮衝冠昔時人已沒今日水猶寒

上官儀

洛堤曉行

脉脉廣川流驅馬歷長洲鵲飛山月曙蟬噪野風秋

韋承慶

南行別弟

萬里人南去三春鴈北飛未知何歲月得與爾同歸

宋之問

途中寒食

馬上逢寒食途中屬暮春可憐江浦望不見洛橋人

送杜審言

臥病人事絕嗟君萬里行河橋不相送江樹遠含情

張說

蜀道後期

客心爭日月來往預期程秋風不相待先到洛陽城

廣州作

去國歲方晏愁心轉不堪離人與江水終日向西南

郭元振

子夜春歌二首

青樓含日光綠池起風色贈子同心花殷勤此何極

陌頭楊栁枝已被春風吹妾心正斷絶君懷那得知

蘇頲

汾上驚秋

北風吹白雲萬里渡河汾心緒逢搖落秋聲不可聞

張九齡

自君之出矣

自君之出矣不復理殘機思君如滿月夜夜減清輝

王適

江上梅

忽見寒梅樹花開漢水濵不知春色早疑是弄珠人

東方虬

王昭君二首

掩涕辭丹鳳銜悲向白龍單于浪驚喜無復舊時容

胡地無花草春來不似春自然衣帶緩非是為腰身

盧僎

南樓望

去國三巴遠登樓萬里春傷心江上客不是故鄉人

途中

抱玉三朝楚懷書十上秦年年洛陽陌花鳥弄歸人

王維

荅裴廸

淼淼寒流廣蒼蒼秋雨晦君問終南山心知白雲外

鳥鳴澗　雲溪雜題

人閒桂花落夜靜春山空月出驚山鳥時鳴春澗中

萍池

春池深且廣會待輕舟回靡靡綠萍合垂楊埽復開

鸕鷀堰

乍向紅蓮沒復出青蒲颺獨立何褷褷銜魚古查上

孟城坳 輞川集

新家孟城口古木餘衰柳來者復為誰空悲昔人有

華子岡

飛鳥去不窮連山復秋色上下華子岡惆悵情何極

斤竹嶺

檀欒映空曲青翠漾連漪暗入商山路樵人不可知

鹿柴

空山不見人但聞人語響返景入深林復照青苔上

木蘭柴

秋山斂餘照飛鳥逐前侶彩翠時分明夕嵐無處所

南垞

輕舟南垞去北垞淼難即隔浦望人家遥遥不相識

欒家瀨

颯颯秋雨中淺淺石溜瀉跳波自相濺白鷺驚復下

白石灘

清淺白石灘緑蒲向堪把家住水東西浣紗明月下

竹里館

獨坐幽篁裏彈琴復長嘯深林人不知明月來相照

辛夷塢

木末芙蓉花山中發紅萼磵戶寂無人紛紛開且落

漆園

古人非傲吏自闕經世務偶寄一微官婆娑數株樹

山中送别

山中相送罷日暮掩柴扉春草明年緑王孫歸不歸

左掖梨花

閑灑堦前草輕隨箔外風黄鶯弄不足銜入未央宫

息夫人

莫以今時寵難忘舊日恩看花滿眼淚不共楚王言

相思子

紅豆生南國春來發幾枝勸君休采擷此物最相思

班婕妤

宮殿生秋草君王恩幸踈那堪聞鳳吹門外度金輿

雜詠

客自故鄉來應知故鄉事來日綺窻前寒梅著花未

已見寒梅發復聞啼鳥聲心心視春草畏向玉階生

裴迪

鹿柴

日夕見寒山便為獨往客不知深林事但有麏麚跡

木蘭柴

蒼蒼落日時鳥聲亂溪水緣溪路轉深幽興何時已

茱萸沜

飄香亂椒桂布葉間檀欒雲日雖迴照森沈猶自寒

宮槐陌

門前宮槐陌是向欹湖道秋來山雨多落葉無人掃

南垞

孤舟信風泊南垞湖水岸落日下崦嵫清波殊淼漫

金屑泉

瀠渟澹不流金碧如可拾凌晨含素華獨往事朝汲

白石灘

跂石復臨水弄波情未極日下川上寒浮雲澹無色

送崔九

歸山深淺去須盡邱壑美莫學武陵人暫遊桃源裏

李白

玉階怨

玉階生白露夜久侵羅襪却下水精簾玲瓏望秋月

夜思

牀前明月光疑是地上霜舉頭望山月低頭思故鄉

銅官山

我愛銅官樂千年未擬還要須廻舞袖拂盡五松山

敬亭獨坐

衆鳥高飛盡孤雲去獨閒相看兩不厭只有敬亭山

青溪半夜聞笛

羌笛梅花引吳溪隴水清寒山秋浦月腸斷玉關情

秋浦歌

愁作秋浦客强看秋浦花山川如剡縣風日似長沙

送陸判官往琵琶峽

水國秋風夜殊非遠别時長安如夢裏何日是歸期

重憶賀監

欲向江東去將誰共舉杯稽山無賀老却棹酒船廻

杜甫

八陣圖

功葢三分國名高八陣圖江流石不轉遺恨失吞吳

孟浩然

送朱大入秦

遊人五陵去寶劒直千金分手脱相贈平生一片心

祖詠

望終南殘雪

終南陰嶺秀積雪浮雲端林表明霽色城中增春寒

崔國輔

銅雀臺

朝日照紅妝擬上銅雀臺畫眉猶未了魏帝使人催

采蓮曲

玉漵花紅發金塘水碧流相逢畏相失並著采蓮舟

王孫遊

自與王孫别頻看黄鳥飛應緣春草誤著處不成歸

怨詞

妾有羅衣裳秦王在時作為舞春風多秋來不堪著

少年行

遺却珊瑚鞭白馬驕不行章臺折楊柳春日路旁情

渭西别李崙

隴外長亭堠山深古塞秋不知嗚咽水何事向西流

崔顥

長干曲

君家住何處妾住在橫塘停舟暫借問或恐是同鄉

家臨九江水來去九江側同是長干人生小不相識

下渚多風浪蓮舟漸覺稀那能不相待獨自逆潮歸

王昌齡

送張四

楓林已愁暮楚水復堪悲別後冷山月清猿無斷時

留別武陵田太守

按劍行千里微軀感一言曾為大梁客不負信陵恩

題僧房

棕櫚花滿院苔蘚入閒房彼此名言絕空中聞異香

朝來曲

日昃鳴珂動花連繡户春盤龍玉臺鏡唯待畫眉人

高適

詠史

尚有綈袍贈應憐范叔寒不知天下士猶作布衣看

岑參

見渭水思秦川

渭水東流去何時到雍州憑添兩行淚寄向故園流

九日思長安故園

强欲登高去無人送酒來遥憐故園菊應傍戰場開

王之渙

送別

楊栁東門樹青青夾御河近來攀折苦應為别離多

登鸛雀樓

白日依山盡黄河入海流欲窮千里目更上一層樓

儲光羲

江南曲

日暮長江裏相邀歸渡頭落花如有意來去逐船樓

洛陽道

大道直如髮春日佳氣多五陵貴公子雙雙鳴玉珂

賈至

有贈

舞怯銖衣重笑疑桃臉開方知漢成帝虛築避風臺

王縉

別輞川

山月曉仍在林風涼不絕殷勤如有情惆悵令人別

崔興宗

留別王維

駐馬欲分襟清寒御溝上前山景氣佳獨往還惆悵

邱為

左掖梨花

冷艷全欺雪餘香乍入衣春風且莫定吹向玉階飛

張旭

清溪汎舟

旅人倚征棹薄暮起勞歌笑攬清溪月清輝不厭多

李華

奉寄彭城公

公子三千客人人願報恩應憐抱關者貧病老夷門

蕭穎士

九日別元魯山

綿連溵川迴杳眇鴉路深彭澤興不淺臨風動歸心

崔曙

雨中送客

別愁復兼雨別淚還如霰寄言海上雲千里長相見

于季子

項羽

北伐雖全趙東歸不王秦空歌拔山力羞作渡江人

薛奇童

吳聲子夜歌

淨掃黄金堦飛霜皎如雪下簾彈箜篌不忍見秋月

韋應物

寄盧陟

柳葉遍寒塘曉霜凝高閣累日此留連別來成寂寞

宿永陽寄璨師

遥知郡齋夜凍雪封松竹時有山僧來懸燈獨自宿

秋夜寄邱員外

懷君屬秋夜散步詠涼天山空松子落幽人應未眠

荅王卿送別

去馬嘶春草歸人立夕陽元知數日別要使兩情傷

懷瑯琊二釋子

白雲埋大壑陰崖滴夜泉應居西石室月照山蒼然

登樓

兹樓日登眺流歲暗蹉跎坐厭淮南守秋山紅樹多

聞鴈

故園渺何處歸思方悠哉淮南秋雨夜高齋聞鴈來

劉長卿

春草宫懷古

君王不可見芳草舊宫春猶帶羅裠色青青向楚人

彈琴

泠泠七弦上静聽松風寒古調雖自愛今人多不彈

送人往揚州

渡口發梅花山中動泉脉蕪城春草生君作揚州客

送上人

孤雲將野鶴豈向人間住莫買沃洲山時人已知處

送靈澈

蒼蒼竹林寺杳杳鐘聲晚荷笠帶斜陽青山獨歸遠

平蕃曲

絕漠大軍還平沙獨戍閑空留一片石萬古在燕山

錢起

江行無題

行背青山郭吟當白露秋風流無屈宋空詠古荆州

蛩響依莎草螢飛透水烟夜涼誰詠史空泊運租船

櫓慢開輕浪帆虛入暮雲客船雖自小容得庾將軍

只尺愁風雨匡廬不可登秪疑雲霧裏猶有六朝僧

湖口分江水東流獨有情當時好風物誰伴謝宣城

劉方平

采蓮曲

落日清江裏荆歌豔楚腰采蓮從小慣十五即乘潮

京兆眉

新作蛾眉樣惟將月裏同有來凡幾日相效滿城中

春雪

飛雪帶春風徘徊亂繞空君看似花處偏在洛城東

張繼

感懷

調與時人背心將靜者論終年帝城裏不識五侯門

暢當

登鸛雀樓

迥臨飛鳥上高出世塵間天勢圍平野河流入斷山

顧況

憶舊遊

悠悠南國思夜向江南泊楚客斷腸時月明楓子落

邱丹

酬韋蘇州

久作烟霞侶暫將簪組親還同褚伯玉入館忝州人

葢嘉運

伊州歌

聞道黃花戍頻年未解兵可憐閨裏月偏照漢家營

唐人萬首絕句選卷一

欽定四庫全書

唐人萬首絶句選卷二

宋　洪邁　元本

刑部尚書王士禎選

五言二

李益

江南曲

嫁得瞿唐賈朝朝誤妾期早知潮有信嫁與弄潮兒

贈盧綸

世故中年别餘生此會同却将悲與病獨對朗陵翁

鷓鴣詞

湘江斑竹枝錦翅鷓鴣飛處處湘雲合郎從何處歸

揚州懷古

故國歌鐘地長橋車馬塵彭城郭邊柳偏似不勝春

揚州早鴈

江上三千鴈年年過故宫可憐江上月偏照斷根蓬

金吾子

繡帳博山爐銀鞍馮子都黃昏莫攀折驚起欲棲烏

洛橋

金谷園中柳春來似舞腰那堪好風景獨上洛陽橋

李端

聽箏

鳴箏金粟柱素手玉房前欲得周郎顧時時誤拂弦

溪行遇雨寄柳中庸

日落衆山昏蕭蕭暮雨繁那堪兩處宿共聽一聲猿

盧綸

塞下曲

鷲翎金僕姑燕尾繡蝥弧獨立揚新令千營共一呼

林暗草驚風將軍夜引弓平明尋白羽没在石稜中

月黑鴈飛高單于遠遁逃欲將輕騎逐大雪滿弓刀

野幕敞瓊筵羌戎賀勞旋醉和金甲舞雷鼓動山川

皇甫冉

送王司直

西塞雲山遠東風道路長人心勝潮水相送過潯陽

婕妤怨

花枝出建章鳳輦發昭陽借問承恩者雙蛾幾許長

長信多秋氣昭陽借月華那堪閑永巷聞道選良家

淮口寄趙員外

欲逐淮潮上暫停魚子溝相望知不見終是屢回頭

司空曙

金陵懷古

輦路江楓暗宮朝野草春傷心庾開府老作北朝臣

送盧秦卿

知有前期在難分此夜中無將故人酒不及石尤風

韓翃

漢宮曲

繡幙珊瑚鉤香閨翡翠樓深情不肯道嬌倚鈿箜篌

郴中庸

江行

繁陰乍隱洲落葉初飛浦蕭蕭楚客帆暮入寒江雨

戴叔倫

題三閭大夫廟

沅湘流不盡屈子怨何深日暮秋風起蕭蕭楓樹林

關山月

一鴈過連營繁霜覆古城胡笳在何處半夜起邊聲

嚴維

送人往金華

明月雙谿水清風八詠樓少年為客處今日送君遊

朱放

題竹林寺

歲月人間促烟霞此地多殷勤竹林寺更得幾回過

武元衡

春日作

縱横桃李枝澹蕩春風吹美人歌白苧萬恨在蛾眉

權德輿

敷水驛

空見水名敷秦樓往事無臨風駐征騎聊復將髭鬚

王臺體

昨夜裙帶解今朝蟢子飛鉛華不可棄莫是藁砧歸

柳宗元

長沙驛

海鶴一爲別存亡三十秋今來數行淚獨上驛南樓

江雪

千山鳥飛絶萬徑人蹤滅孤舟蓑笠翁獨釣寒江雪

劉禹錫

罷和州遊建康

秋水清無力寒山暮多思官閑不計程徧上南朝寺

經檀道濟故壘

萬里長城壞荒營野草秋秣陵多士女猶唱白符鳩

視刀環

常恨言語淺不如人意深今朝兩相視脈脈萬重心

三閣詞

珠薄曲瓊鉤子細見揚州北兵那得渡浪語判悠悠

淮陰行

今日轉船頭金烏指西北烟波與春草千里同一色

隔浦望行船頭昂尾幰幰無奈挑菜時清淮春浪軟

挑菜本作脫菜周益公詩話云山谷謂淮陰行情調殊麗惟脫菜時不可解予見古本作挑菜時東坡惠州詩水生挑菜渚恐用此語今從之詩話首句作隔浦望郎船與此小異

秋風引

何處秋風至蕭蕭送鴈羣朝來入庭樹孤客最先聞

紇那曲

楊栁鬱青青竹枝無限情周郎一回顧聽唱紇那聲

别蘇州

流水閶門外秋風吹栁條從來送客處今日自䰟銷

孟郊

古别離

欲別牽郎衣郎今向何處不恨歸來遲莫向臨邛去

張籍

寄僧

松暗水涓涓夜涼人未眠西峰月猶在遙憶草堂前

涇州

行到涇州塞惟聞羌戍鼙道旁雙古堠猶記向安西

令狐楚

遠別離

玳織黃金履金裝翡翠簪畏人相借問不擬到城南

思君恩

小苑鶯歌歇長門蜨舞多眼看春又去翠輦不曾過

從軍行

暮雪連青海陰雲覆白山可憐班定遠生入玉門關

却望氷河闊前登雪嶺高征人幾多在又擬戰臨洮

王涯

閨人贈遠

花明綺陌春柳拂御溝新為報遼陽客流光不待人
形影一朝别烟波千里分君看望君處秖是起行雲

張仲素

春閨思

裊裊城邊柳青青陌上桑提籠忘采葉昨夜夢漁陽

春遊曲

行樂三春節林花百和香當年重意氣先占鬬雞場

白居易

庾樓新歲

歲時銷旅貌風景觸鄉愁牢落江湖意新年上庾樓

南浦别

南浦淒淒别西風嫋嫋秋一看腸一斷好去莫莫頭

勤政樓西柳

半朽臨風樹多情立馬人開元一株柳長慶二年春

問劉十九

緑螘新醅酒紅泥小火爐晚來天欲雪能飲一杯無

元稹

行宫

寥落古行宫宫花寂寞红白头宫女在閒坐説玄宗

西還

悠悠洛陽夢鬱鬱灞陵樹落日正西歸逢君又東去

李賀

馬詩

赤兔無人用當須呂布騎吾聞果下馬羈策任蠻兒

飂叔去匆匆如今不豢龍夜來霜壓棧駿骨折西風

張祜

河滿子

故國三千里深宮二十年一聲河滿子雙淚落君前

玉樹後庭花

輕車何草草猶唱後庭花玉座誰為主徒悲張麗華

江南逢故人

河洛多塵事江山半舊遊春風故人夜又醉白蘋洲

徐凝

楊叛兒

哀怨楊叛兒駘蕩君知否香死博山爐烟生白門栁

張起

春情

畫閣餘寒在新年舊燕飛梅花猶帶雪未得試春衣

楊凌

賈客怨

山水路悠悠逢灘即滯留西江風未便何日到荊州

楊凝

柳絮

河畔多楊柳追遊盡狹斜春風一回送亂入莫愁家

唐彥謙

齊文惠宮人

認得前家令宮人淚滿裾不知梁佐命全是沈尚書

小院

小院無人夜烟斜月轉明清宵易怊悵不必有離情

賈島

劒客

十年磨一劒霜刃未曾試今日把似君誰有不平事

陸暢

雪

怪得朔風急前庭如月輝天人寧許巧剪水作花飛

沈如筠

閨怨

鴈盡書難寄愁多夢不成願隨孤月影流照伏波營

潘佐

送人之宣城

江畔送行人千山生暮氛謝安團扇上為畫敬亭雲

杜牧

題水西寺

三日去還住一生焉再遊含情碧溪水重上粲公樓

寄遠

隻影隨驚鴈，單棲鎖畫籠。向春羅袖薄，誰念舞臺風。

江樓

獨酌芳春酒，登樓已半醺。誰驚一行鴈，衝斷過江雲。

李商隱

漫成

霧夕詠芙蕖，何郎得意初。此時誰最賞，沈范兩尚書。

張惡子廟

下馬奠椒漿迎神白玉堂如何鐵如意獨自與姚萇

追代盧家人嘲堂内

道却横波字人前莫漫羞秖應同楚水長短入淮流

李夫人

一帶不結心兩股方安髻慚愧白茅人月没教星替

滞雨

滞雨長安夜殘燈獨客愁故鄉雲水地歸夢不宜秋

餞席送人之梓州

莫歎萬重山君還我未還武關猶悵望何況百牢關

柳枝 集作無題本是律詩上二句亦不同

本是丁香樹春條結始生莫作彈棊局中心最不平

散關遇雪

劒外從軍遠無人與寄衣散關三尺雪回夢舊鴛機

温庭筠

三月雪

三月雪連夜未應傷物華只緣春欲盡留著伴梨花

碧澗驛曉思

孤燈伴殘夢楚國在天涯月落子規歇滿庭山杏花

許渾

早春憶江南

雲月有歸處故山清洛南如何一花發春夢徧江潭

塞下曲

夜戰桑乾北秦兵半不歸朝來有鄉信猶自寄寒衣

趙嘏

寒塘

曉髮梳臨水寒塘坐見秋鄉心正無限一鴈過南樓

施肩吾

湘竹詞

萬古湘江竹無窮奈怨何年年長春筍只是淚痕多

李頻

渡漢江

嶺外音書絶經冬復歷春近鄉情更怯不敢問來人

孟遲

懷鄭泊

風蘭舞幽香雨葉隨殘滴美人來不來前山看向夕

陸龜蒙

江行

酒旗菰葉外樓影浪花中布帆張數幅唯待鯉魚風

夕陽

渡口和帆落城邊帶角收如何茂陵客江上倚危樓

皮日休

和陸魯望

刻石書離恨因成别後悲莫嫌春蠒薄猶有萬重絲

司空圖

樂府

寳馬跋塵光雙馳照路旁喧傳報戚里明日幸長楊

韓偓

效崔國輔體

雨過碧苔院霜來紅葉樓閒堦上斜日鸚鵡伴人愁

從獵

蹀躞巴賨馬陪鰓碧野雞忽聞仙樂動賜酒玉偏提

儲嗣宗

早春

野樹花初發空山獨見時踟躕歷陽道鄉思滿南枝

鄭谷

望湖亭

湘水似伊水湘人非故人登臨獨無語風栁自揺春

李収或作牧

幽情

幽人惜春暮潭上折芳草佳期何時還欲寄千里道

蔣吉

石城

繫纜石城下孤吟懷暫開江人橈艇子將謂莫愁來

西鄙人

哥舒歌

北斗七星高哥舒夜帶刀至今窺牧馬不敢過臨洮

荆叔

題慈恩寺塔

漢國山河在秦陵草木深暮雲千里色無處不傷心

釋靈澈

題天姥

天台衆峰外歲晚當寒空有時半不見崔嵬在雲中

遠公墓

古墓石稜稜寒雲晚照凝空悲虎溪月不見鴈門僧

釋貫休

聞笛

霜月夜徘徊樓中羌笛催曉風吹不盡江上落殘梅

洞庭龍女

與許漢陽

海上連洞庭每去三千里十載一歸來辛苦瀟湘水

湘驛女子

題玉溪

紅樹醉秋色碧溪彈夜弦佳期不可再風雨杳如年

安邑坊女子

幽恨詩

卜得上峽日秋江風浪多江陵一夜雨腸斷木蘭歌

唐人萬首絶句選卷二

欽定四庫全書

唐人萬首絶句選卷三

宋　洪邁　元本

刑部尚書王士禛選

七言一

杜審言

贈蘇書記

知君書記本翩翩為許從戎赴朔邊紅粉樓中應計日

燕支山下莫經年

張說

送梁六

巴陵一望洞庭秋日見孤峰水上浮聞道神仙不可接心隨湖水共悠悠

張敬忠

邊詞

五原春色舊來遲二月垂楊未挂絲即今河畔氷開日

正是長安花落時

王翰

春日思歸

楊栁青青杏發花年光誤客轉思家不知湖上菱歌女

幾箇春舟在若耶

涼州詞

蒲桃美酒夜光杯欲飲琵琶馬上催醉卧沙塲君莫笑

古來征戰幾人回

李白

結襪子

燕南壯士吳門豪筑中置鉛魚隱刀感君恩重許君命

太山一擲輕鴻毛

長門怨

桂殿長愁不記春黄金四壁起秋塵夜懸明鏡秋天上

獨照長門宫裏人

越中懷古

越王勾踐破吴歸戰士還家盡錦衣宮女如花滿春殿
秖今惟有鷓鴣飛

送孟浩然之廣陵

故人西辭黃鶴樓烟花三月下揚州孤帆遠影碧空盡
惟見長江天際流

春夜雒陽聞笛

誰家玉笛暗飛聲散入東風滿洛城此夜曲中聞折栁
何人不起故園情

峨眉山月歌

峨眉山月半輪秋影入平羌江水流夜發青溪向三峽
思君不見下渝州

横江詞

海潮南去過潯陽牛渚由來險馬當横江欲渡風波惡
一水牽愁萬里長
横江館前津吏迎向余東指海雲生郎今欲渡緣何事
如此風波不可行

## 上皇西巡南京歌

莫道君王行路難六龍西幸萬人歡地轉錦江成渭水
天迴玉壘作長安

## 黃鶴樓聞笛

一為遷客去長沙西望長安不見家黃鶴樓中吹玉笛
江城五月落梅花

## 下江陵

朝辭白帝彩雲間千里江陵一日還兩岸猿聲啼不住

輕舟已過萬重山

望五老峰

廬山東南五老峰青天削出金芙蓉九江秀色可攬結
吾將此地巢雲松

宣城見杜鵑花

蜀國曾聞子規鳥宣城還見杜鵑花一叫一回腸一斷
三春三月憶三巴

舟下荆門

霜落荊門烟樹空布颿無恙挂秋風此行不為鱸魚膾
自愛名山入剡中

與賈舍人至汎洞庭

洞庭西望楚江分水盡南天不見雲日落長沙秋色遠
不知何處弔湘君
洞庭湖西秋月輝瀟湘江北早鴻飛醉客滿船歌白紵
不知霜露入秋衣

巴陵贈賈舍人

賈生西望憶京華湘浦南遷莫怨嗟聖主恩深漢文帝
憐君不遣到長沙

望天門山

天門中斷楚江開碧水東流向北迴兩岸青山相對出
孤帆一片日邊來

長門怨

天迴北斗挂西樓金屋無人螢火流月光欲到長門殿
別作深宮一段愁

陌上贈美人

白馬驕行踏落花垂鞭直拂五雲車美人一笑褰珠箔
遥指紅樓是妾家

王昌齡

閨怨

閨中少婦不知愁春日凝妝上翠樓忽見陌頭楊柳色
悔教夫壻覓封侯

聽流人水調子

孤舟微月對楓林分付鳴箏與客心嶺色千重萬重雨
斷腸収與淚痕深

梁苑

梁園秋竹古時烟城外風悲欲暮天萬乘旌旗何處在
平臺賓客有誰憐

別李浦之京

故園今在灞陵西江畔逢君醉不迷小弟鄰莊尚漁獵
一封書寄數行啼

甘泉歌

乘輿執玉已登壇細草霑衣春殿寒昨夜雲生拜初月
萬年甘露水晶盤

芙蓉樓送辛漸

寒雨連江夜入吳平明送客楚山孤洛陽親友如相問
一片冰心在玉壺
丹陽城南秋海陰丹陽城北楚雲深高樓送客不能醉
寂寂寒江明月心

重別李評事

莫道秋江離別難舟船明日是長安吳姬緩舞留君醉
隨意青楓白露寒

送狄宗亨

秋在水清山暮蟬洛陽樹色鳴皐烟送君歸去愁不盡
又惜空度涼風天

送別魏二

醉別江樓橘柚香江風引雨入船涼憶君遥在湘山月

愁聽清猿夢裏長

盧溪別人

武陵溪口駐扁舟
溪水隨君向北流
行到荆門上三峽
莫將孤月對猿愁

長信秋詞

金井梧桐秋葉黄
珠簾不卷夜來霜
熏籠玉枕無顔色
臥聽南宮清漏長

奉帚平明金殿開
且將團扇共徘徊
玉顔不及寒鴉色

猶帶昭陽日影來

真成薄命久尋思　夢見君王覺後疑　火照西宮知夜飲

分明複道奉恩時

西宮春怨

西宮夜靜百花香　欲卷珠簾春恨長　斜抱雲和深見月

朦朧樹色隱昭陽

西宮秋怨

芙蓉不及美人妝　水殿風來珠翠香　却恨含情掩秋扇

空懸明月待君王

從軍行

烽火城西百尺樓黄昏獨坐海風秋更吹羌笛關山月
無那金閨萬里愁

琵琶起舞換新聲總是關山離别情撩亂邊愁聽不盡
高高秋月照長城

青海長雲暗雪山孤城遥望玉門關黄沙百戰穿金甲
不破樓蘭終不還

秦時明月漢時關萬里長征人未還但使龍城飛將在
不教胡馬度陰山

大漠風塵日色昏紅旗半卷出轅門前軍夜戰洮河北
已報生擒吐谷渾

殿前曲

昨夜風開露井桃未央前殿月輪高平陽歌舞新承寵
簾外春寒賜錦袍

青樓怨

香幃風動花入樓高調鳴箏緩夜愁腸斷關山不解説
依依殘月下簾鈎

## 青樓曲

白馬金鞍從武皇旌旗十萬宿長楊樓頭小婦鳴箏坐
遥見飛塵入建章
馳道楊花滿御溝紅妝漫綰上青樓金章紫綬千餘騎
夫壻朝回初拜侯

## 河上歌

河上老人坐古槎和丹只用青蓮花至今八十如四十
口道滄溟是我家

王維

送元二使安西

渭城朝雨裛輕塵客舍青青柳色新勸君更盡一杯酒
西出陽關無故人

少年行

新豐美酒斗十千咸陽遊俠多少年相逢意氣為君飲

繫馬高樓垂柳邊
一身能擘兩雕弧虜騎千重只似無側坐金鞍調白羽
紛紛射殺五單于
漢家君臣歡宴終高議雲臺論戰功天子臨軒賜侯印
將軍佩出明光宮
寄段十六
與君相見即相親聞道君家住孟津為見行舟試借問
客中時有洛陽人

九月九日憶山東兄弟

獨在異鄉為異客每逢佳節倍思親遥知兄弟登高處徧插茱萸少一人

送韋評事

欲逐將軍取右賢沙場走馬向居延遥知漢使蕭關外愁見孤城落日邊

送沈子

楊栁渡頭行客稀罟師蕩槳向臨沂唯有相思似春色

江南江北送君歸

寒食汜上作

廣武城邊逢暮春
汶陽歸客淚沾巾
落花寂寂啼山鳥
楊柳青青渡水人

涼州詞

涼州城外少行人
百尺峰頭望虜塵
健兒擊鼓吹羌笛
共賽城東越騎神

王之渙

涼州詞

黄河遠上白雲閒一片孤城萬仞山羌笛何須怨楊柳春光不度玉門關

杜甫

江畔獨步尋花

稠花亂蘂裹江濵行步欹危實怕春詩酒尚堪驅使在未須料理白頭人

黄師塔前江水東春光懶困倚微風桃花一簇開無主

可愛深紅間淺紅

黃四孃家花滿溪千朵萬朵壓枝低流連戲蝶時時舞
自在嬌鶯恰恰啼

戲作寄上漢中王

謝安舟檝風還起梁苑池臺雪欲飛杳杳東山攜漢妓
泠泠修竹待王歸

和嚴鄭公軍城早秋

秋風嫋嫋動高旌玉帳分弓射虜營已收滴博雲間戍

更奪蓬婆雪外城

解悶

商胡離別下揚州憶上西陵故驛樓為問淮南米貴賤

老夫乘興欲東遊

一辭故國十經秋每見秋瓜憶故丘今日南湖采薇蕨

何人為覓鄭瓜州

不見高人王右丞輞川丘壑蔓寒藤最傳秀句寰區滿

未絶風流相國能

復憶襄陽孟浩然清詩句句盡堪傳即今耆舊無新語
漫釣槎頭縮項鯿

戲為絶句

才力應難跨數公秪今誰是出羣雄或看翡翠蘭苕上
未掣鯨魚碧海中

承聞河北諸將入朝口號

十二年來多戰場天威已息陣堂堂神靈漢代中興主
功業汾陽異姓王

江南逢李龜年

岐王宅裏尋常見崔九堂前幾度聞正是江南好風景
落花時節又逢君

孟浩然

送杜十四之江南

荊吳相接水為鄉君去春江正淼茫日暮孤帆泊何處
天涯一望斷人腸

常建

送宇文六

花映垂楊漢水清微風林裏一枝輕秖今江北還如此愁殺江南離別情

三日尋李九莊

雨歇楊林東渡頭永和三日蕩輕舟故人家在桃花岸直到門前溪水流

高適

除夜

旅館寒燈獨不眠客心何事轉悽然故鄉今夜思千里霜鬢明朝又一年

營州歌

營州少年厭原野狐裘蒙茸獵城下虜酒千鍾不醉人胡兒十歲能騎馬

塞上聞笛

雪淨胡天牧馬還月明羌笛戍樓閒借問梅花何處落風吹一夜滿關山

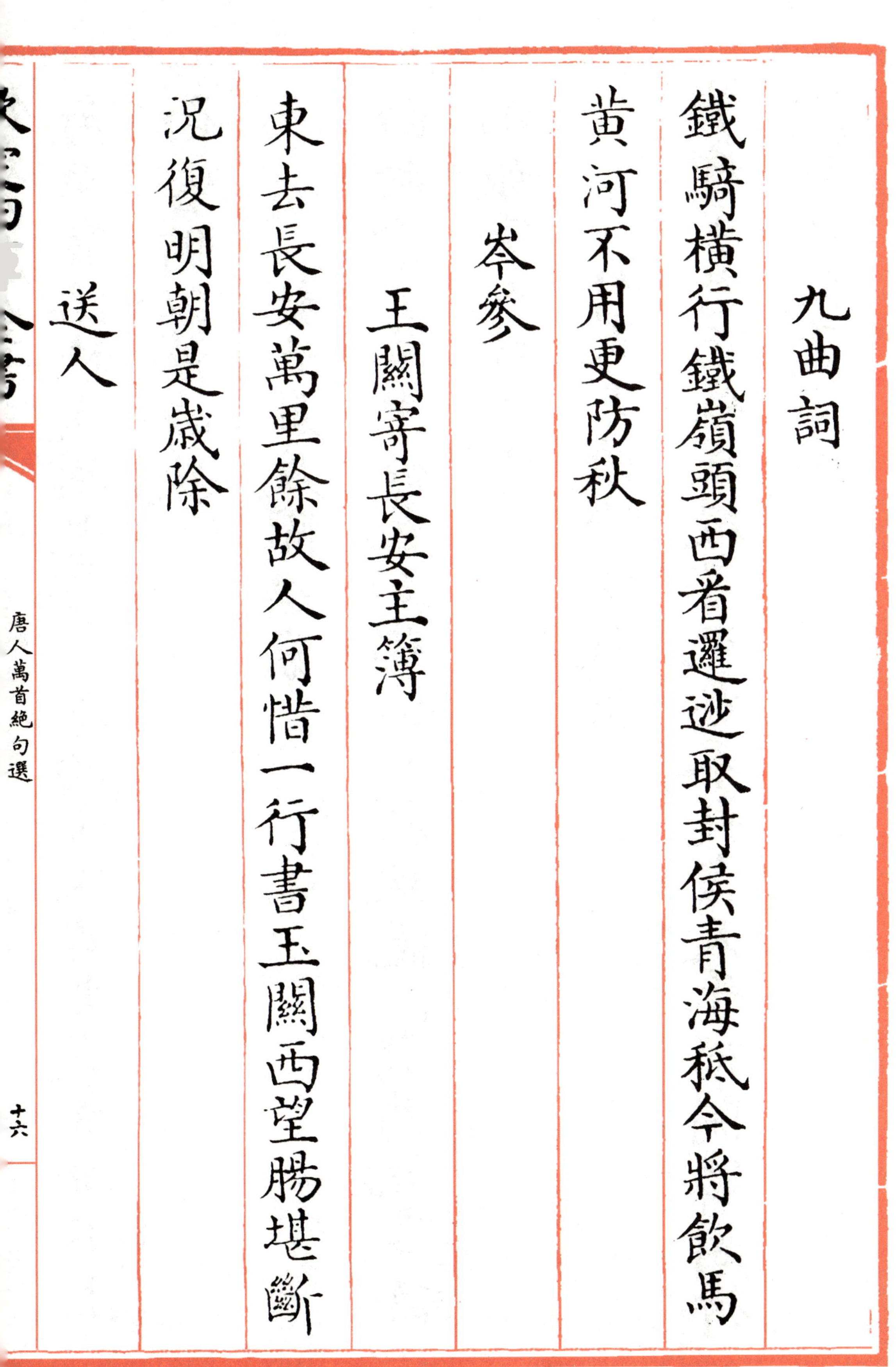



九曲詞

鐵騎橫行鐵嶺頭西看邏逤取封侯青海秖今將飲馬
黃河不用更防秋

岑參

王關寄長安主簿

東去長安萬里餘故人何惜一行書玉關西望腸堪斷
況復明朝是歲除

送人

西原驛路挂城頭客散江亭雨未休君去試看汾水上白雲猶似漢時秋

赴北庭度隴思家

西向輪臺萬里餘也知鄉信日應踈隴山鸚鵡能言語為報家人數寄書

封大夫破播仙凱歌

漢將承恩西破戎捷書先奏未央宫天子預開麟閣待秖今誰數貳師功

日落轅門鼓角鳴千羣面縛出蕃城洗兵魚海雲迎陣
秣馬龍堆月照營

儲光羲

寄孫山人

新林二月孤舟還水滿清江花滿山借問故園隱君子
時時來往在人間

明妃曲

日暮驚沙亂雪飛傍人相勸易羅衣強來前帳看歌舞

共待單于夜獵歸

賈至

巴陵夜别王八員外

栁絮飛時别洛陽梅花發後在三湘世情已逐浮雲散離恨空隨江水長

送李侍郎赴常州

雪晴雲散北風寒楚水吴山道路難今日送君須盡醉明朝相憶路漫漫

春思

紅粉當壚弱栁垂金花臘酒解酴醾笙歌日暮能留客
醉殺長安輕薄兒

巴陵與李十二裴九汎洞庭

江上相逢皆舊遊湘山永望不堪愁明月秋風洞庭水
孤鴻落葉一扁舟
楓岸紛紛落葉多洞庭秋水晚來波乘興輕舟無近遠
白雲明月弔湘娥

李頎

遇劉五

洛陽一別梨花新黄鳥飛飛逢故人攜手當年共為樂無驚蕙草惜殘春

寄韓朋

為政心閑物自閑朝看飛鳥暮飛還寄書河上神明宰羨爾城頭姑射山

綦毋潛

過上人蘭若

山頭禪室挂僧衣牕外無人溪鳥飛黃昏半在下山路
却聽鐘聲連翠微

崔國輔

白紵詞

洛陽梨花落如霰河陽桃葉生復齊坐恐玉樓春欲盡
紅綿粉絮裛妝啼

張旭古本作張顛

桃花磯

隱隱飛橋隔野烟石磯西畔問漁船桃花盡日隨流水洞在青溪何處邊

山中留客

山光物態弄春暉莫為輕陰便擬歸縱使晴明無雨色入雲深處亦沾衣

嚴武

軍城早秋

昨夜秋風入漢關朔雲邊月滿西山更催飛將追驕虜
莫遣沙場匹馬還

薛維翰

怨歌

百尺朱樓臨狹斜新妝能唱美人車皆言賤妾紅顏好
要自狂夫不憶家

李華

春行寄興

宜陽城下草萋萋澗水東流復向西芳樹無人花自落
春山一路鳥空啼

獨孤及

海上懷華中舊遊

涼風臺上三峰月不夜城邊萬里沙離别莫言闗塞遠
夢魂長在子眞家

元結

款乃曲

湘江二月春水平滿月和風宜夜行唱榜欲過平陽戍
津吏相呼問姓名
千里楓林烟雨深無朝無暮有猿吟停橈靜聽曲中意
好是雲山韶濩音

韋應物

登樓寄王卿

踏閣攀林恨不同楚雲滄海思無窮數家砧杵秋山下
一郡荆榛寒雨中

寄諸弟

雨中禁火空齋冷江上流鶯獨坐聽把酒看花想諸弟杜陵寒食草青青

故人重九日求橘

憐君卧病思新橘試摘猶酸亦未黄書後欲題三百顆洞庭須待滿林霜

休日訪人不遇

九日驅馳一日閑尋君不遇又空還怪來詩思清人骨

門對寒流雪滿山

登寶意上方

翠嶺香臺出半天萬家烟樹滿晴川諸僧近住不相識
坐聽微鐘憶往年

滁州西澗

獨憐幽草澗邊生上有黃鸝深樹鳴春潮帶雨晚來急
野渡無人舟自横

荅東林道士

紫閣西邊第幾峰茅齋夜雪虎行蹤遥看黛色知何處
欲出山門尋暮鐘

劉長卿

送劉萱之道州謁崔大夫

沅水悠悠湘水春臨岐一望一沾巾信陵門下三千客
君到長沙見幾人

送李判官之潤州行營

萬里辭家事鼓鼙金陵驛路楚雲西江春不肯留行客

草色青青送馬蹄

寄別朱拾遺

天書遠召滄浪客幾度臨岐病未能江海茫茫春欲徧
行人一騎發金陵

錢起

歸鴈

瀟湘何事等閑回水碧沙明兩岸苔二十五弦彈夜月
不勝清怨却飛來

李嘉祐

王舍人竹樓

傲吏身閒笑五侯西江取竹起高樓南風不用蒲葵扇
紗帽閒眠對水鷗

題處上人壁

詩思禪心共竹閒任他流水向人間手持如意高牕裏
斜日沿江千萬山

韓翃

送客之鄂州

江口千家帶楚雲江花亂點雪紛紛春風落日誰相見
青翰舟中有鄂君

送齊山人

舊事仙人白兔公掉頭歸去又乘風柴門流水依然在
一路寒山萬木中

寒食

春城無處不飛花寒食東風御柳斜日暮漢宮傳蠟燭

輕烟散入五侯家

宿石邑山中

浮雲不共此山齊山靄蒼蒼望轉迷曉月暫飛千樹裏秋河隔在數峰西

江南曲

長樂花枝雨點消江城日暮好相邀逺朱樓不閉嵗𢧐鎖淥水廻通宛轉橋

酬張千牛

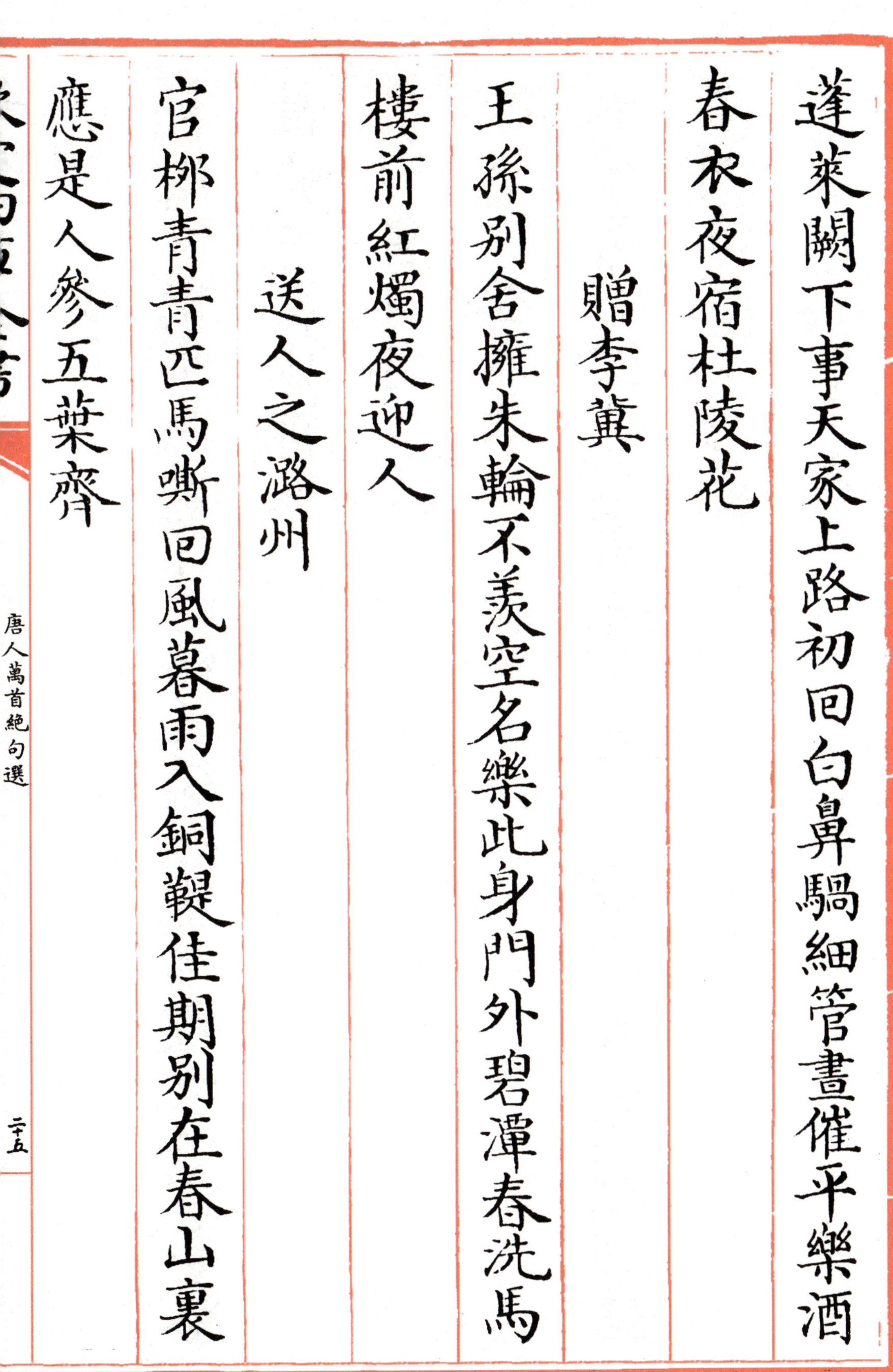

蓬萊闕下事天家上路初回白鼻騧細管畫催平樂酒
春衣夜宿杜陵花

贈李冀

王孫別舍擁朱輪不羨空名樂此身門外碧潭春洗馬
樓前紅燭夜迎人

送人之潞州

官柳青青匹馬嘶回風暮雨入銅鞮佳期別在春山裏
應是人參五葉齊

少年行

千點斑斕噴玉驄青絲結尾繡纏鬃鳴鞭曉出章臺路葉葉春衣楊栁風

皇甫冉

荅張繼

悵望南徐登北固迢遥西塞阻東關落日臨川問音信寒潮惟帶夕陽還

送魏十六

秋夜沉沉此送君陰蟲切切不堪聞歸舟明日毘陵道
回首姑蘇是白雲

皇甫曾

巖嶺西望

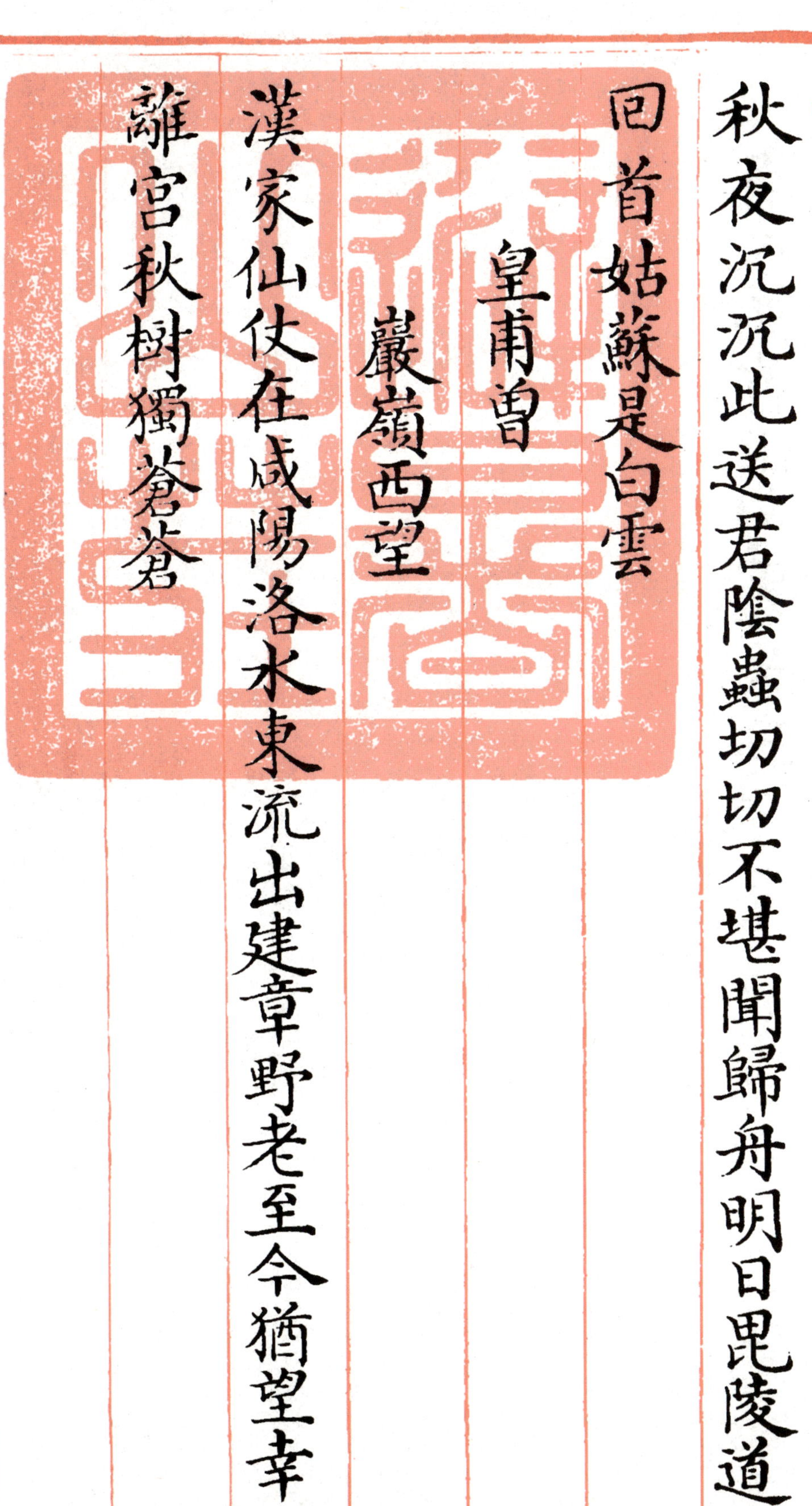

漢家仙仗在咸陽洛水東流出建章野老至今猶望幸
離宮秋樹獨蒼蒼

唐人萬首絶句選卷三

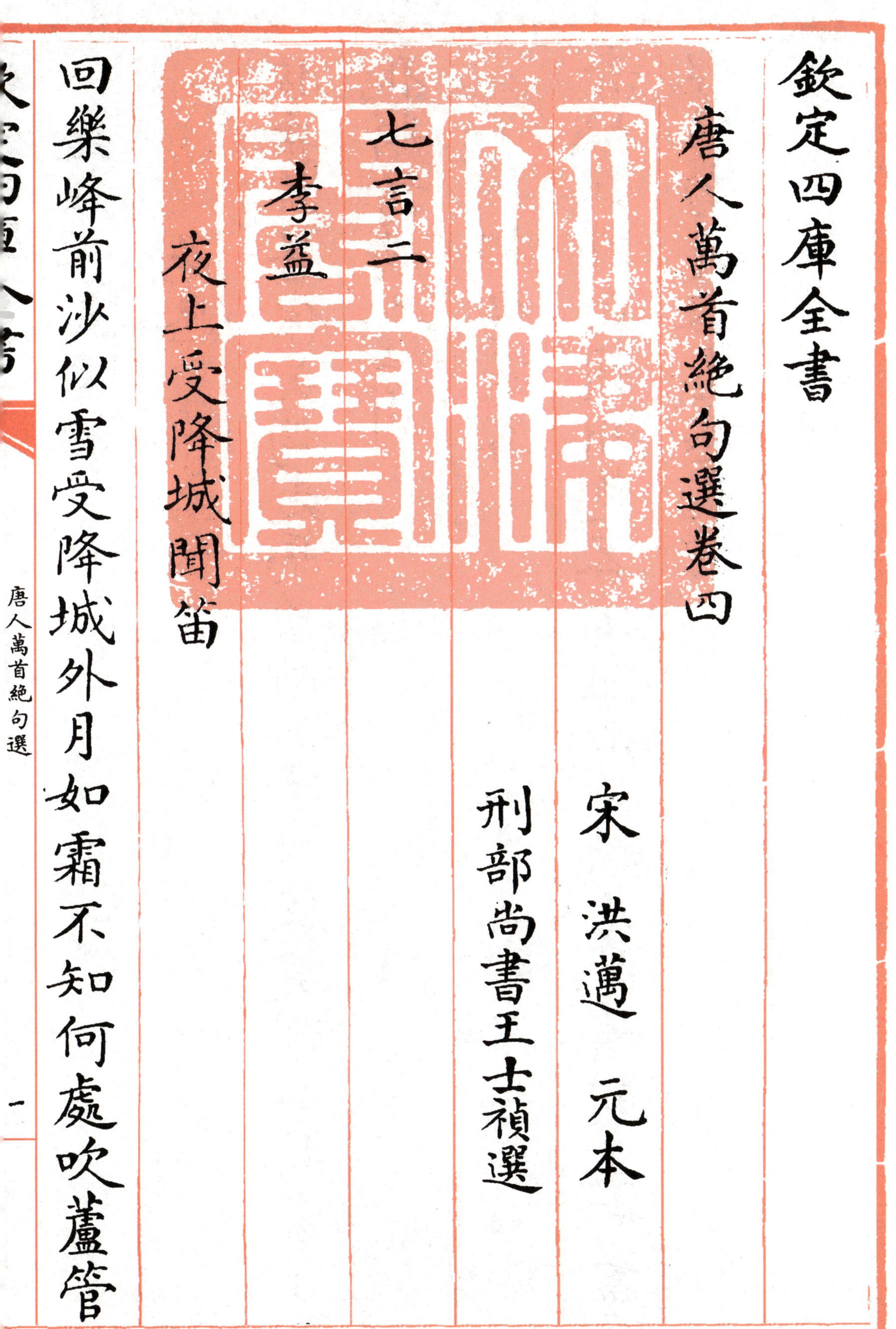
欽定四庫全書

唐人萬首絶句選卷四

宋　洪邁　元本

刑部尚書王士禛選

七言二

李益

夜上受降城聞笛

回樂峰前沙似雪受降城外月如霜不知何處吹蘆管

一夜征人盡望鄉

邊思

腰垂錦帶佩吳鉤走馬曾防玉塞秋莫笑關西將家子秖將詩思入涼州

郴楊送客

青楓江畔白蘋洲楚客傷離不待秋君見隋朝更何事郴楊南渡水悠悠

從軍北征

天山雪後海風寒橫笛偏吹行路難磧裏征人三十萬
一時回首月中看

行舟

柳花飛入正行舟卧引菱花信碧流聞道風光滿揚子
天晴共上望鄉樓

隋宮燕

燕語如傷舊國春宮花欲落旋成塵自從一閉風光後
幾度飛來不見人

送人歸岳陽

烟草連天楓樹齊岳陽歸路子規啼春江萬里巴陵戍落日看沱楚水西

臨滹沲見蕃使列名

漠南春色到滹沱邉柳青青塞馬多萬里江山今不閉漢家頻許郅支和

寫情

水紋珍簟思悠悠千里佳期一夕休從此無心愛良夜

任他明月下西樓

聽曉角

邊霜昨夜墮關榆吹角當城片月孤無限塞鴻飛不度秋風吹入小單于

汴河曲

汴水東流無限春隋家宫闕已成塵行人莫上長堤望風起楊花愁殺人

暖川

胡風凍合鸊鵜泉牛馬千羣逐暖川塞外征行無盡日年年移帳雪中天

宫怨

露濕晴花春殿香月明歌吹在昭陽似將海水添宫漏共滴長門一夜長

度破訥沙

破訥沙頭鴈正飛鸊鵜泉上戰初歸平明日出東南地滿磧寒光生鐵衣

盧綸

古豔詞

自拈裙帶結同心暖處偏知香氣深愛捉狂夫問閒事
不知歌舞用黃金

宮中樂

臺殿雲涼秋色微君王初賜六宮衣樓船泛罷歸猶早
行遣才人鬬射飛
雲日呈祥禮物殊彤庭生獻五單于寒垣萬里無飛鳥

可是邉城用郢都

春日有懐

桃李風多日欲陰伯勞飛處落花深貧居静久難逢信
知隔春山不可尋

曲江春望

菖蒲翻葉栁交枝暗上蓮舟鳥不知更到無花最深處
玉樓金殿影參差

泉聲徧野入芳洲擁沫吹花上碧流落日行人漸無路

巢蜂乳燕滿高樓

司空曙

登峴亭

峴山回首望秦關南向荆州幾日還今日登臨唯有淚不知風景在何山

古寺花

共愛芳菲此樹中千跗萬蘂裏枝紅遲遲欲去猶回望覆地無人滿寺風

發渝州却寄韋判官

紅燭津亭夜見君繁絃急管兩紛紛平明分手空江上唯有猿聲滿水雲

送盧徹之太原

榆落鵰飛關塞秋黄雲畫角見并州翩翩羽騎雙旌後上客親隨郭細侯

峽口送友人

峽口花飛欲盡春天涯去住淚沾巾來時萬里同為客

今日翻成送故人

李端

送劉侍御

幾人同去謝宣城未及酬恩隔死生唯有夜猿知客恨
嶧陽溪路第三聲

郎士元

栢林寺南望

谿上遥聞精舍鐘泊舟微徑度深松青山霽後雲猶在

畫出西南四五峰

柳中庸

河陽橋送別

黄河流出有浮橋晉國歸人此路遥若傍闌干千里望

北風驅馬雨瀟瀟

征人怨

歲歲金河復玉關朝朝馬策與刀環三春白雪歸青冢

萬里黄河繞黑山

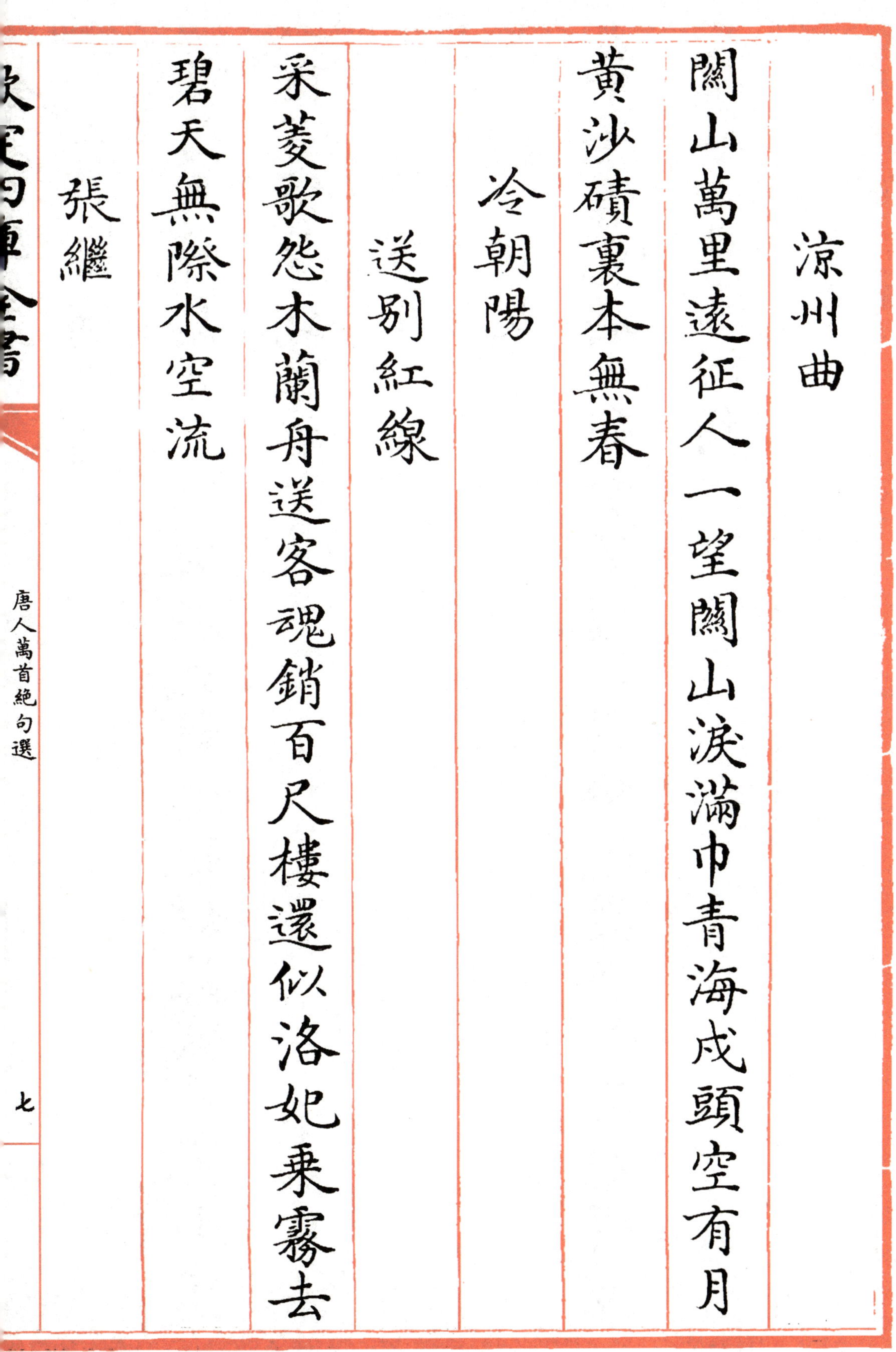

涼州曲

關山萬里遠征人一望關山淚滿巾青海戍頭空有月
黃沙磧裏本無春

冷朝陽

送別紅線

采菱歌怨木蘭舟送客魂銷百尺樓還似洛妃乘霧去
碧天無際水空流

張繼

楓橋夜泊

月落烏啼霜滿天江楓漁火對愁眠姑蘇城外寒山寺
夜半鐘聲到客船

劉方平

送別

華亭霽色滿今朝雲裏檣竿去轉遥莫怪山前深復淺
清淮一日兩回潮

月夜

更深月色半人家北斗闌干南斗斜今夜偏知春氣暖
蟲聲新透緑牕紗

春怨

紗牕日落漸黄昏金屋無人見淚痕寂寞空庭春欲晚
梨花滿地不開門

顧況

聽角思歸

故園黄葉滿青苔夢破城頭曉角哀此夜斷腸人不見

起行殘月影徘徊

宮詞

玉樓天半起笙歌風送宮嬪笑語和月殿影開聞夜漏水晶簾捲近秋河

聽歌

子夜新聲何處傳悲翁更憶太平年只今法曲無人唱已逐霓裳飛上天

宿昭應

武帝祈靈太一壇新豐樹色繞千官那知今夜長生殿
獨閉空山月影寒

小孤山

古廟楓林江水邊寒鴉接翅鴈橫天大孤山遠小孤出
月照洞庭歸客船

葉道士山房

水邊垂柳赤闌橋洞裏仙人碧玉簫近得麻姑書信否
潯陽向上不通潮

竹枝

帝子蒼梧不復歸洞庭葉下荆雲飛巴人夜唱竹枝後腸斷曉猿聲漸稀

憶故園

惆悵多山人復稀杜鵑啼處淚沾衣故園此去千餘里春夢猶能夜夜歸

戴叔倫

夜發袁江寄李頴川劉侍御

半夜回舟入楚鄉月明山水共蒼蒼孤猿更叫秋風裏
不是愁人亦斷腸

湘南即事

盧橘花開楓葉衰出門何處望京師沅湘日夜東流去
不為愁人住少時

嚴維

丹陽送人

丹陽郭裏送行舟一别心知兩地愁日晚江南望江北

寒鴉飛盡水悠悠

李涉

題開聖寺

宿雨初收草木濃羣鴉飛散下堂鐘長廊無事僧歸院盡日門前獨看松

過湖州妓宋態

曾識雲仙至小時芙蓉頭上綰青絲當時驚覺高唐夢唯有如今宋玉知

潤州聽暮角

江城吹角水茫茫，曲引邊聲怨思長。驚起暮天沙上鴈，海門斜去兩三行。

宿武關

遠别秦城萬里遊，亂山高下入商州。關門不鎖寒溪水，一夜潺湲送客愁。

竹枝詞

石壁千重樹萬重，白雲斜掩碧芙蓉。昭君溪上年年月

偏照嬋娟色最濃

十二峰頭月欲低空舲灘上子規啼孤舟一夜東歸客泣向春風憶建溪

哭田布

魏師臨陣却抽營誰管豺狼作信兵縱使將軍能伏劍何人島上哭田橫

京口送朱晝之淮南

兩行客淚愁中落萬樹山花雨後殘君到揚州見桃葉

為傳風水渡江難

邠州詞獻高尚書

單于都護再分疆西引雙旌出帝鄉朝日詔書添戰馬即聞千騎取河湟

將家難立是威聲不見多傳衛霍名一自元和平蜀後馬頭行處即長城

李約

過華清宮

君王遊樂萬幾輕一曲霓裳四海兵玉輦升天人已盡
故宮猶有樹長生

權德輿

贈天竺靈隱二寺主

石路泉流兩寺分尋常鐘磬隔山聞山僧半在中峰住
共占清猿與白雲

雜興

琥珀尊開月映簾調絃理曲指纖纖含羞斂態勸君住

更奏新聲刮骨鹽

巫山雲雨洛川神珠襻香腰穩稱身惆悵妝成君不見

含情起立問傍人

武元衡

春興

楊柳陰陰細雨晴殘花落盡見流鶯春風一夜吹鄉夢

夢逐春風到洛城

送張司録赴京

江南煙雨塞鴻飛西府文章謝掾歸相送汀洲蘭杜晚
菱歌一曲淚沾衣

題嘉陵驛

悠悠風旆繞山川山驛空濛雨似煙路半嘉陵頭已白
蜀門西更上青天

聽歌

月上重樓絲管秋佳人夜唱古梁州滿堂誰是知音者
不惜千金與莫愁

汴州聞角

何處金笳月裏悲悠悠邊客夢先知單于城上關山曲今日中原總解吹

韓愈

湘中酬張十一功曹

休垂絶徼千行淚共泛清湘一葉舟今日嶺猿兼越鳥可憐同聽不知愁

和李二十八司勳連昌宮

夾道蹤槐出老根高甍巨桷壓山原宫前遺老來相問今是開元幾葉孫

晚次宣溪酬張使君

潮州南去接宣溪雲水蒼茫日向西客淚數行先自落鷓鴣休傍耳邊啼

同張水部籍遊曲江寄白二十二舍人

漠漠輕陰晚自開青春白日映樓臺曲江水滿花千樹有底忙時不肯來

次潼關先寄張十二閣老

荆山已去華山來日照潼關四扇開刺史莫辭迎候遠
相公新破蔡州迴

桃林夜賀晉公

西來騎火照山紅夜宿桃林臘月中手把命珪兼相印
一時重疊賞元功

柳宗元

柳州二月

宦情羈思共悽悽春半如秋意轉迷山城過雨百花盡榕葉滿庭鶯亂啼

酬夢得

日日臨池弄小雛還思寫論付官奴柳家新樣元和脚且盡薑芽斂手徒

聞徹上人亡寄楊侍郎

東越高僧舊姓湯幾時瓊佩觸鳴璫空花一散不知處誰采金英與侍郎

酬曹侍御

破額山前碧玉流騷人遥駐木蘭舟春風無限瀟湘意
欲採蘋花不自由

劉禹錫

石頭城

山圍故國周遭在潮打空城寂寞回淮水東邊舊時月
夜深還過女牆來

烏衣巷

朱雀橋邊野草花烏衣巷口夕陽斜舊時王謝堂前燕
飛入尋常百姓家

江令宅

南朝詞臣北朝客歸來唯見秦淮碧池臺竹樹三畝餘
至今人道江家宅

與歌者米嘉榮

唱得涼州意外聲舊人唯數米嘉榮近來時世輕先輩
好染髭鬚事後生

聽舊宮人穆氏唱歌

曾隨織女渡天河記得雲間第一歌休唱貞元供奉曲
當時朝士已無多

與歌者何戡

二十餘年別帝京重聞天樂不勝情舊人唯有何戡在
更與殷勤唱渭城

堤上行

酒旗相望大堤頭堤下連檣堤上樓日暮行人爭渡急

槳聲鴉軋滿中流

江南江北望煙波入夜行人相應歌桃葉傳情竹枝怨

水流無限月明多

踏歌詞

春江月出大堤平堤上女郎連袂行唱盡新詞歡不見

紅霞映樹鷓鴣鳴

桃蹊柳陌好經過燈下妝成月下歌為是襄王故宮地

至今猶自細腰多

竹枝詞

白帝城頭春草生白鹽山下蜀江清南人上來歌一曲
北人莫上動鄉情
山桃紅花滿上頭蜀江春水拍山流花紅易衰似郎意
水流無限似儂愁
日出三竿春霧消江頭蜀客駐蘭橈憑寄狂夫書一紙
住在城都萬里橋
城西門前灧澦堆年年波浪不能摧懊惱人心不如石

少時東去復西來

瞿塘嘈嘈十二灘此中道路古來難長恨人心不如水等閒平地起波瀾

山上層層桃李花雲間煙火是人家銀釧金釵來負水長刀短笠去燒畬

楊柳青青江水平聞郎江上踏歌聲東邊日出西邊雨道是無晴還有晴

楚水巴山煙雨多巴人能唱本鄉歌今朝北客思歸去

回入紇那披緑蘿

楊柳枝詞

花萼樓前初種時美人樓上鬬腰肢如今抛擲長街裏
露葉如啼欲恨誰

煬帝行宮汴水濱數株殘柳不勝春晚來風起花如雪
飛入宮牆不見人

城外春風吹酒旗行人揮袂日西時長安陌上無窮樹
唯有垂楊管别離

浪淘沙詞

鸚鵡洲頭浪颭沙青樓春望日將斜銜泥燕子爭歸舍獨自狂夫不憶家

碧澗寺見元九和展上人詩

廊下題詩滿壁塵塔前松樹已鱗皴古來唯有王文度重見平生竺道人

春詞

新妝宜面下朱樓深鎖春光一院愁行到中庭數花朶

蜻蜓飛上玉搔頭

和令狐相公别牡丹

平章宅裏一闌花臨到開時不在家莫道兩京非遠别春明門外即天涯

白居易

同李十一醉憶元九

花時同醉破春愁醉折花枝作酒籌忽憶故人天際去計程今日到梁州

竹枝

瞿塘峽口水煙低白帝城頭月向西唱到竹枝聲咽處斷猿晴鳥一時啼

宫詞

淚盡羅巾夢不成夜深前殿按歌聲紅顏未老恩先斷斜倚熏籠坐到明

暮江吟

一道殘陽鋪水中半江瑟瑟半江紅誰憐九月初三夜

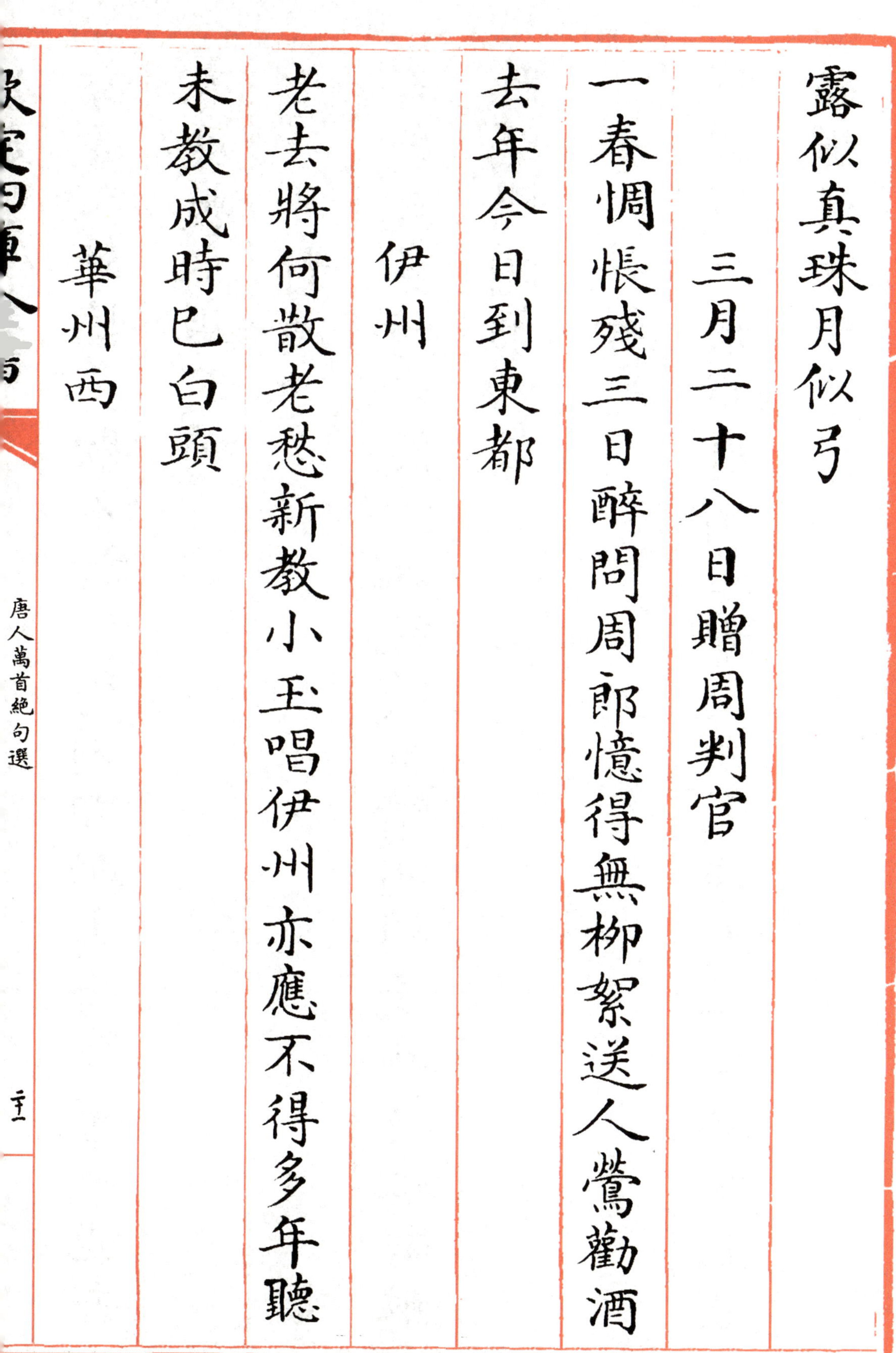

露似真珠月似弓

三月二十八日贈周判官

一春惆悵殘三日醉問周郎憶得無柳絮送人鶯勸酒去年今日到東都

伊州

老去將何散老愁新教小玉唱伊州亦應不得多年聽未教成時已白頭

華州西

每逢人靜慵多歇不計程行困即眠上得籃轝未能去春風敷水店門前

對酒

百歲無多時壯健一春能幾日晴明相逢且莫推辭醉聽唱陽關第四聲

晚歸府

晚從履道來歸府街路雖長尹不嫌馬上涼於牀上坐綠槐風透紫蕉衫

魏王堤

花寒懶發鳥慵啼信馬閒行到日西何處未春先有思柳條無力魏王堤

王子晉廟

子晉廟前山月明人閒往往夜吹笙鸞吟鳳唱聽無拍多似霓裳散序聲

看采蓮

小桃閒上小蓮船半采紅蓮半白蓮不似江南惡風浪

芙蓉池在卧牀前

香山寺

空門寂靜老夫閒伴鳥隨雲往復還家醖滿瓶書滿架半移生計入香山

木蘭花

膩如玉指塗朱粉光如金刀剪紫霞從此時時春夢裏應添一樹女郎花

楊柳枝

紅板江橋青酒旗館娃宮煖日斜時可憐雨歇東風定
萬樹千條各自垂

酬裴令公贈馬相戲

安石風流無奈何欲將赤驥換青娥不辭便送東山去
臨老何人與唱歌

水調

五言一徧最殷勤調少情多似有因不會當時翻曲意
此聲腸斷為何人

永豐坊園中垂柳

一樹春風千萬枝嫩於金色軟於絲永豐西角荒園裏

盡日無人屬阿誰

元稹

西明寺牡丹

花向琉璃地上生光風炫轉紫雲英自從天女盤中見

直至今朝眼更明

亞枝紅

平陽池上亞枝紅悵望山郵是事同還向萬竿深竹裏一枝渾臥碧流中

梁州夢

夢君同繞曲江頭也向慈恩院裏遊亭吏呼人排去馬忽驚身在古梁州

嘉陵驛

嘉陵驛裏空牀客一夜嘉陵江水聲仍對牆南滿山樹野花撩亂月朧明

嘉陵江

秦人惟識秦中水長想吳江與蜀江今日嘉川驛樓下

可憐如練繞明窻

好時節

身騎驄馬峨嵋下面帶霜威卓氏前虗度東川好時節

酒樓元被蜀兒眠

送孫勝

桐花暗淡柳惺憁池帶輕波柳帶風今日與君臨水别

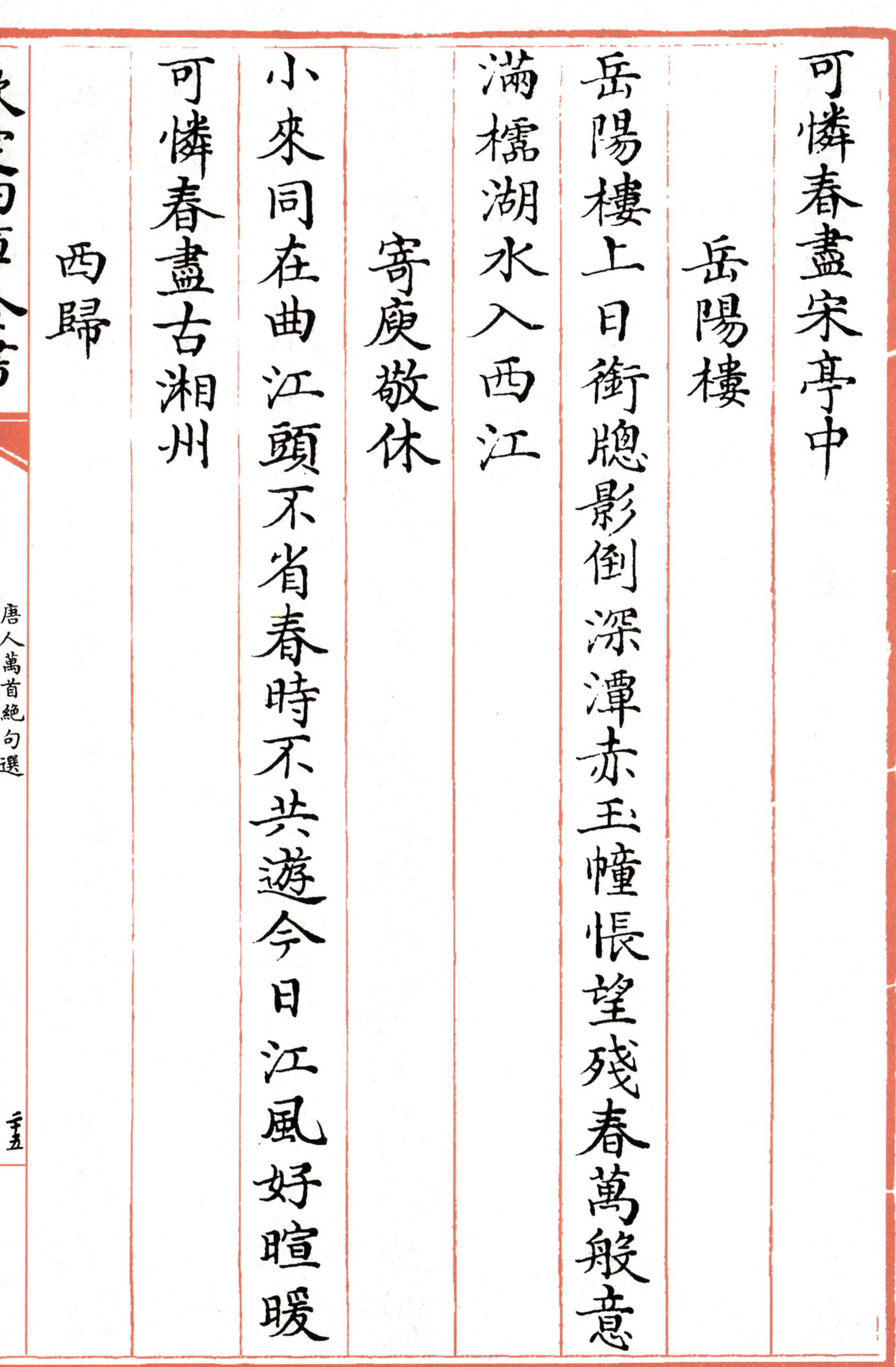


可憐春盡宋亭中

岳陽樓

岳陽樓上日銜牕影倒深潭赤玉幢悵望殘春萬般意
滿櫺湖水入西江

寄庾敬休

小來同在曲江頭不省春時不共遊今日江風好暄暖
可憐春盡古湘州

西歸

五年江上損容顔今日春風到武闗兩紙京書臨水讀

小桃花樹滿商山

重贈樂天

莫遣瓌瓏唱我詩我詩多是别君辭明朝又向江頭别

月落潮平是去時

李徳裕

長安秋夜

内官傳詔問戎機載筆金鑾夜始歸萬户千門皆寂寂

月中清露點朝衣

李紳

却望芙蓉湖

丹橘村邊烟火微碧波明處鴈初飛蕭條落日垂楊岸

隔水寥寥聞擣衣

王播

題惠照寺

三十年前此院游木蘭花發院新修如今再到經行處

樹老無花僧白頭

上堂已了各西東慙愧闍梨飯後鐘三十年來塵撲面

如今始得碧紗籠

熊孺登

送淮上人歸石經院

旃檀刻像今猶少白石鐫經古未曾歸去又尋翻譯寺

前山應遍鴈門僧

湘江夜汎

江流如箭月如弓行盡三湘數夜中無那子規知向蜀
一聲聲似怨春風

送僧

雲心自在山山去何處靈山不是歸日暮寒林投古寺
雪花飛滿水田衣

戎昱

移家別湖上亭

好去春風湖上亭柳條藤蔓繫離情黃鶯久住渾相識

欲别頻啼四五聲

塞下曲

漢將歸來虜塞空旌旗初下玉關東高蹄戰馬三千匹

落日平原秋草中

途中寄李三

楊柳煙含灞岸春年年攀折為行人好風若借低枝便

莫遣青絲掃路塵

唐人萬首絶句選卷四

唐人萬首絶句選卷五

宋　洪邁　元本

刑部尚書王士禎選

七言三

李賀

南園

長卿牢落悲空舍曼倩詼諧取自容見買若耶溪水劒

明朝歸去事猿公
尋章摘句老雕蟲曉月當簾挂玉弓不見年年遼海上
文章何處哭秋風

昌谷北園新筍

斫取青光寫楚辭膩香春粉黒離離無情有恨何人見
露壓煙啼千萬枝

酬答

雍州二月海池春御水鵁鶄暖白蘋試問酒旗歌板地

今朝誰是拗花人

呂温

劉郎浦

吳蜀成婚此水潯明珠步障幄黄金誰將一女輕天下

欲換劉郎鼎峙心

楊巨源

僧院聽琴

禪思何妨在玉琴真僧不見聽時心離聲怨調秋堂夕

雲向蒼梧湘水深

贈崔駙馬

百尺梧桐畫閣齊簫聲落處彩雲低平陽不惜黃金埒

細雨花驄踏作泥

聽李憑彈箜篌

聽奏繁絃玉殿清風傳曲度禁林明君王聽樂梨園暖

翻到雲門第幾聲

觀妓人入道

荀令歌鐘北里亭翠娥紅粉敞雲屏舞衣施盡餘香在

今日花前學誦經

盧仝

逢鄭三遊山

相逢之處花茸茸石壁攢峰千萬重他日期君何處好

寒流石上一株松

王涯

從軍詞

旄頭夜落捷書飛來奏金門著賜衣白馬將軍頻破敵黃龍戍卒幾時歸

塞下曲

年少辭家從冠軍金鞍寶劒去邀勲不知馬骨傷寒水唯見龍城起暮雲

秋夜曲

桂魄初生秋露微輕羅已薄未更衣銀箏夜久殷勤弄心怯空房不忍歸

宮詞

一叢高髻緑雲光宮樣輕輕淡淡黄為看九天公主貴外邊爭學内家妝

炎炎夏日滿天時桐葉交加覆玉墀向晚移鐙上銀篳叢叢緑鬢坐彈棊

令孤楚

少年行

家本清河住五城須憑弓箭得功名等閒飛鞚秋原上

獨向寒雲試射聲

舒元輿

贈潭州李尚書

湘江舞罷忽成悲便脫蠻韝出絳帷誰是蔡邕琴酒客魏公懷舊嫁文姬

張仲素

塞下曲

三戍漁陽再渡遼騂弓在臂劒横腰匈奴似欲知名姓

休傍陰山更射鵰

獵馬千行鴈幾雙燕然山下碧油幢傳聲漠北單于破

火照旌旗夜受降

朔雪飄飄開鴈門平沙歷亂轉蓬根功名恥記擒生數

直斬樓蘭報國恩

陰磧茫茫塞草肥㮏槹峰上暮雲飛交河北望天連海

蘇武曾將漢節歸

秋閨思

碧牕斜日藹深暉愁聽寒蛩淚溼衣夢裏分明見關塞
不知何路向金微

秋天一夜靜無雲斷續鴻聲到曉聞欲寄征人問消息
居延城外又移軍

漢苑行

春風淡蕩景悠悠鶯囀高枝燕入樓千步迴廊聞鳳吹
珠簾處處上銀鉤

天馬詞

蹀躞宛駒齒未齊摐金噴玉向風嘶來時行盡金河道獵獵輕風在碧蹄

張籍

送蜀客

蜀客南行祭碧雞木棉花發錦江西山橋日晚行人少時有猩猩樹上啼

蠻中

銅柱南邉毒草春行人幾日到金濷玉鐶穿耳誰家女

自抱琵琶迎海神

蠻州

瘴水蠻中入洞流人家多住竹棚頭青山海上無城郭

唯見松牌記象州

哭孟寂

曲江院裏題名處十九人中最少年今日春光君不見

杏花零落寺門前

法雄寺東樓

汾陽舊宅今爲寺猶有當時歌舞樓四十年來車馬散
古槐深巷暮蟬愁

秋思

洛陽城裏見秋風欲作家書意萬重復恐匆匆說不盡
行人臨發又開封

涼州詞

邊城暮雨鴈飛低蘆笋初生漸欲齊無數鈴聲遥古磧
應馱白練到安西

鳳林關裏水東流白草黄榆六十秋邉將皆承主恩澤
無人解道取涼州

宫詞

新鷹初放兎猶肥白日君王在内稀薄暮千門臨欲鎖
紅粧飛騎向前歸
黄金捍撥紫檀槽絃索初張調更髙盡理昨來新上曲
内官簾外送櫻桃

寄李渤

五度溪頭躑躅紅嵩陽寺裏講時鐘春山處處行應好
一月看花到幾峰

春别曲

長江春水緑堪染蓮葉出水大如錢江頭橘樹君自種
那不長繫木蘭船

寒塘曲

寒塘沉沉柳葉踈水暗人語驚栖凫舟中少年醉不起
持燭照水射游魚

王建

江陵使至汝州

回看巴路在雲間寒食離家麥熟還日暮數峰青似染

商人說是汝州山

華清宮

酒幔高樓一百家宮前楊柳寺前花內園分得温湯水

二月中旬已進瓜

十五夜望月

中庭地白樹栖鴉冷露無聲溼桂花今夜月明人盡望
不知秋思在誰家

霓裳詞

弟子部中留一色聽風聽水作霓裳散聲未足重來授
直到牀前見上皇

自直梨園得出稀更番上曲不教歸一時跪拜霓裳徹
立地階前賜紫衣

旋翻曲譜聲初足除在梨園未教人宣與書家分手寫

中官走馬賜功臣

傳呼法部按霓裳新得承恩别作行日晚貴妃樓上看

内人舁下綺羅箱

宫詞

羅衫葉葉繡重重金鳳銀鵞各一叢每徧舞時分兩向

太平萬歲字當中

魚藻池中鎖翠娥先皇行處不曽過如今池底休鋪錦

菱角雞頭積漸多

内人相續報花開准擬君王便看來逢著五絃紅繡袋宜春院裏按歌回

太儀前日暖房來囑向昭陽乞藥栽敕賜一窠紅躑躅謝恩未了奏花開

御前新賜紫羅襦不下金階上軟輿宮局總來為喜樂院中新拜内尚書

日冷天晴近臘時玉階金瓦雪離離浴堂門外抄名入公主家人謝面脂

未承恩澤一家愁乍到宮中憶外頭求守管絃聲款逐

側商調裏唱伊州

東風潑火雨新休舁盡春泥掃雪溝走馬犢車當御路

漢陽公主進雞毬

金吾除夜進儺名畫袴朱衣四隊行院院燒燈如白日

沈香火底坐吹笙

避暑昭陽不擲盧井邊含水噴鴉雛內中數日無呼喚

搨得滕王蛺蝶圖

延英引對碧衣郎江硯宣毫各別牀天子下簾親考試
宮人手裏過茶湯

新調白馬怕鞭聲供奉騎來繞殿行先報諸王侵早入
隔門催進打球名

對御難爭第一籌殿前不打背身球内人唱好龜兹急
天子捎回過玉樓

城東北面望雲樓半下珠簾半上鉤騎馬行人長速過
恐防天子在樓頭

射生宮女宿紅妝把得新弓各自張臨上馬時齊賜酒

男兒跪拜謝君王

紅鑾捍撥貼胷前移坐當頭近御筵用力獨彈金殿響

鳯凰飛出四條絃

家常愛著舊衣裳空插紅梳不作妝忽地下階裙帶解

非時應得見君王

琵琶先抹緑腰頭小管丁寧側調愁半夜美人雙起唱

一聲聲出鳯凰樓

春池日暖少風波花裏牽船水上歌遥索劍南新樣錦
東宮先釣得魚多
彈棊玉指兩參差背局臨虛鬭著危先打角頭紅子落
上三金字半邊垂
叢叢洗手繞金盆旋拭紅巾入殿門衆裏遥拋金橘子
在前收得便承恩
宿妝殘粉未明天總立昭陽花樹邊寒食內人長白打
庫家先散與金錢

蓬萊正殿壓雲鼇紅日初生碧海濤開著五門遥北望柘黄新篐御牀高篐下浪切

移來女樂部頭邊新賜花檀木五絃纏得紅羅手帕子當中更畫一雙蟬

鮑防

上巳寄孟中丞

世間禊事風流處鏡裏雲山若畫屏今日會稽王内史好將賓客醉蘭亭

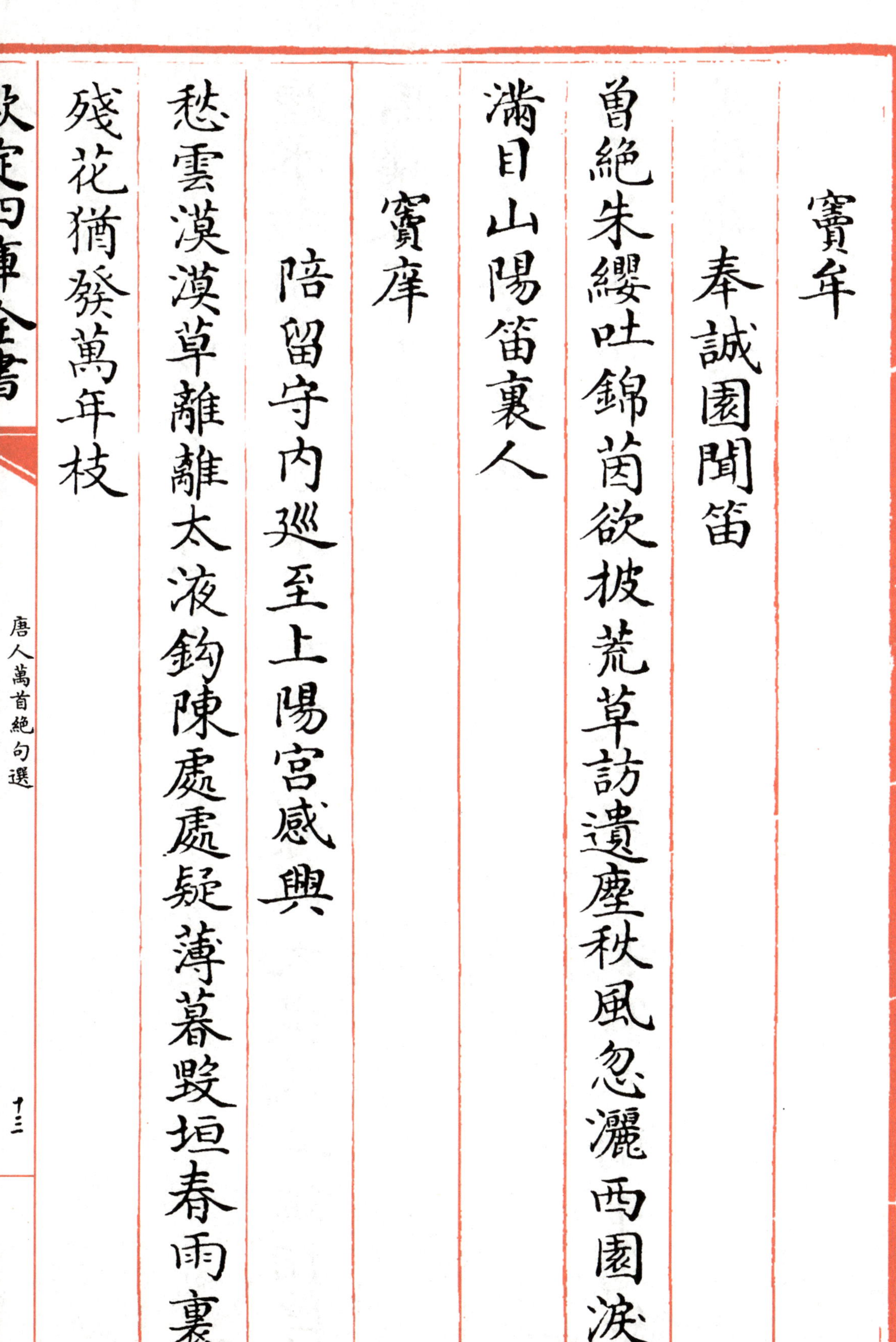



竇牟

奉誠園聞笛

曾絶朱纓吐錦茵欲披荒草訪遺塵秋風忽灑西園淚
滿目山陽笛裏人

竇庠

陪留守內巡至上陽宮感興

愁雲漠漠草離離太液鈎陳處處疑薄暮毀垣春雨裏
殘花猶發萬年枝

竇鞏

襄陽寒食寄宇文籍

煙水初銷見萬家東風吹柳萬條斜大堤欲上誰相伴馬踏春泥半是花

洛中即事

髙梧葉盡鳥巢空洛水潺湲夕照中寂寂天橋車馬絶寒鴉飛入上陽宫

寄南游兄弟

書來未報幾時還知在三湘五嶺間獨立衡門秋水濶
寒鴉飛去日沉山

宫人斜

離宫路遠北原斜生死深恩不到家雲雨今歸何處去
黃鸝飛上野棠花

南游感興

傷心欲問前朝事惟見江流去不回日暮東風春草緑
鷓鴣飛上越王臺

楊憑

雨中怨秋

辭家遠客愴秋風千里寒雲與斷蓬日暮隔山投古寺鐘聲何處雨濛濛

送客往荆州

巴邱過日暮登城雲水湘東一色平若愛春秋繁露學正逢元凱鎮南荆

楊凝

初次巴陵

西江浪接洞庭波積水遥連天上河鄉信為憑誰寄去

汀州燕鴈漸來多

送客入蜀

劒閣迢迢夢想間行人歸路繞梁山明朝騎馬摇鞭去

秋雨槐花子午關

楊凌

早春雪中

新年雨雪少晴時屢失尋梅看柳期鄉信憶隨回鴈早江春寒帶故陰遲

明妃曲

漢國明妃去不還馬馱弦管向陰山匣中縱有菱花鏡羞向單于照舊顔

賈島

渡桑乾

客舍并州已十霜歸心日夜憶咸陽無端更渡桑乾水

却望并州是故鄉

宿林家亭子

牀頭枕是溪中石井底泉通竹下池宿客未眠過夜半獨聞山雨到來時

贈人斑竹拄杖

揀得林中最細枝結根石上長身遲莫嫌滴瀝紅斑少恰是湘妃淚盡時

張祜

千秋樂

八月平時花萼樓萬方同樂是千秋傾城人看長竿出
一技初成趙解愁

春鶯囀

興慶池南柳未開太真先把一枝梅內人已唱春鶯囀
花下傞傞軟舞來

邠王小管

虢國潛行韓國隨宜春深院映花枝金輿遠幸無人見

偷把邠王小管吹

孟才人

偶因歌態詠嬌嚬傳唱宮中十二春却為一聲河滿子下泉須弔孟才人

折楊柳

凝碧池邊斂翠眉景陽樓下綰青絲那勝妃子朝元閣玉手和煙弄一枝

華清宮

天闕沈沈夜未央碧雲仙曲舞霓裳一聲玉笛向空盡
月滿驪山宫漏長
紅樹蕭蕭閣半開上皇曽幸此宫來至今風俗驪山下
村笛猶吹阿濫堆

集靈臺

日光斜照集靈臺紅樹花迎曉露開昨夜上皇新授籙
太真含笑入簾來
虢國夫人承主恩平明騎馬入公門却嫌脂粉汚顔色

淚掃蛾眉朝至尊

阿鵩湯

月照宮城紅樹芳綠窗燈影在雕梁金輿未到長生殿妃子偷尋阿鵩湯

雨霖鈴

雨霖鈴夜却歸秦猶見張徽一曲新長說上皇和淚教月明南內更無人

宿湓浦逢崔昇

江流不動月西沈南北行人萬里心況是相逢鴈天夕星河寥落水雲深

聽箏

十指纖纖玉筍紅鴈行輕遏翠絃中分明似説長城苦水咽雲寒一夜風

楚州韋中丞箜篌

千重鉤鎻撼金鈴萬顆真珠瀉玉瓶恰值滿堂人欲醉甲光纔觸一時醒

金陵渡

金陵津渡小山樓一宿行人自欲愁潮落夜江斜月裏兩三星火是瓜洲

遊淮南

十里長街市井連月明橋上看神仙人生只合揚州死禪智山光好墓田

徐凝

漢宮曲

水色簾前流玉霜趙家飛燕侍昭陽掌中舞罷簫聲絶三十六宫秋夜長

憶揚州

蕭孃臉下難勝淚桃葉眉頭易得愁天下三分明月夜二分無頼是揚州

唐彦謙

穆天子傳

王母清歌玉琯悲瑶臺應有再來期穆王不得重相見

恐爲無端哭盛姬

楚天

楚天遥望每長嚬宋玉襄王盡作塵不會瑶姬朝與暮
更爲雲雨待何人

寄徐山人

一室清羸鶴體孤體和神瑩爽氷壺吴中高士雖求死
不那稽山有謝敷

垂柳

絆惹春風別有情世間誰敢鬭輕盈楚王江畔無端種餓損纖腰學不成

鄧艾廟

昭烈遺黎死尚羞揮刀斫石恨譙周如何千載留遺廟血食巴山伴武侯

曲江春望

杏豔桃光奪晚霞樂遊無廟有年華漢朝冠蓋皆陵墓十里宜春下苑花

落花

紛紛從此見花殘轉覺長繩繫日難樓上有愁春不淺小桃風雪凭闌干

仲山

千載遺蹤寄薜蘿沛中鄉里漢山河長陵亦是閒邱隴異日誰知與仲多

洛神

人世仙家本自殊何須相見向中途驚鴻瞥過游龍去

漫惱陳王一事無

長安秋望

柳短莎長溪水流雨微煙暝立溪頭寒鴉閃閃前山去杜曲黃昏獨自愁

裴交泰

長門怨

自閑長門經幾秋羅衣溼盡淚還流一種蛾眉明月夜南宮歌管北宮愁

羊士諤

望女几山

女几山頭春雪消路傍仙杏發柔條心期欲去知何日
惆悵回車上野橋

登樓

槐柳蕭踈繞郡城夜添山雨作江聲秋風南陌無車馬
獨上高樓故國情

憶江南舊遊

山陰道上桂花初王謝風流滿晉書會作江南部從事
秋來還復憶鱸魚

郡中

紅衣落盡暗香殘葉上秋光白露寒越女含情已無限
莫教長袖倚闌干

汎舟後溪

雨餘芳草淨沙塵水緑灘平一帶春唯有啼鵑似留客
桃花深處更無人

盧隱

雨霽登北原

稻黄樸樸黍油油野樹連山澗自流憶得年時馮翊部謝郎相引上樓頭

朱慶餘

宮中詞

寂寂花時閉院門美人相並立瓊軒含情欲説宮中事鸚鵡前頭不敢言

劉商

題黄陂夫人祠

蒼山雲雨逐明神唯有香名嵗嵗春東風三月黄陂水只見桃花不見人

題潘師房

渡水傍山尋絶壁白雲飛處洞門開仙人來往行無跡石徑春風長緑苔

錢珝

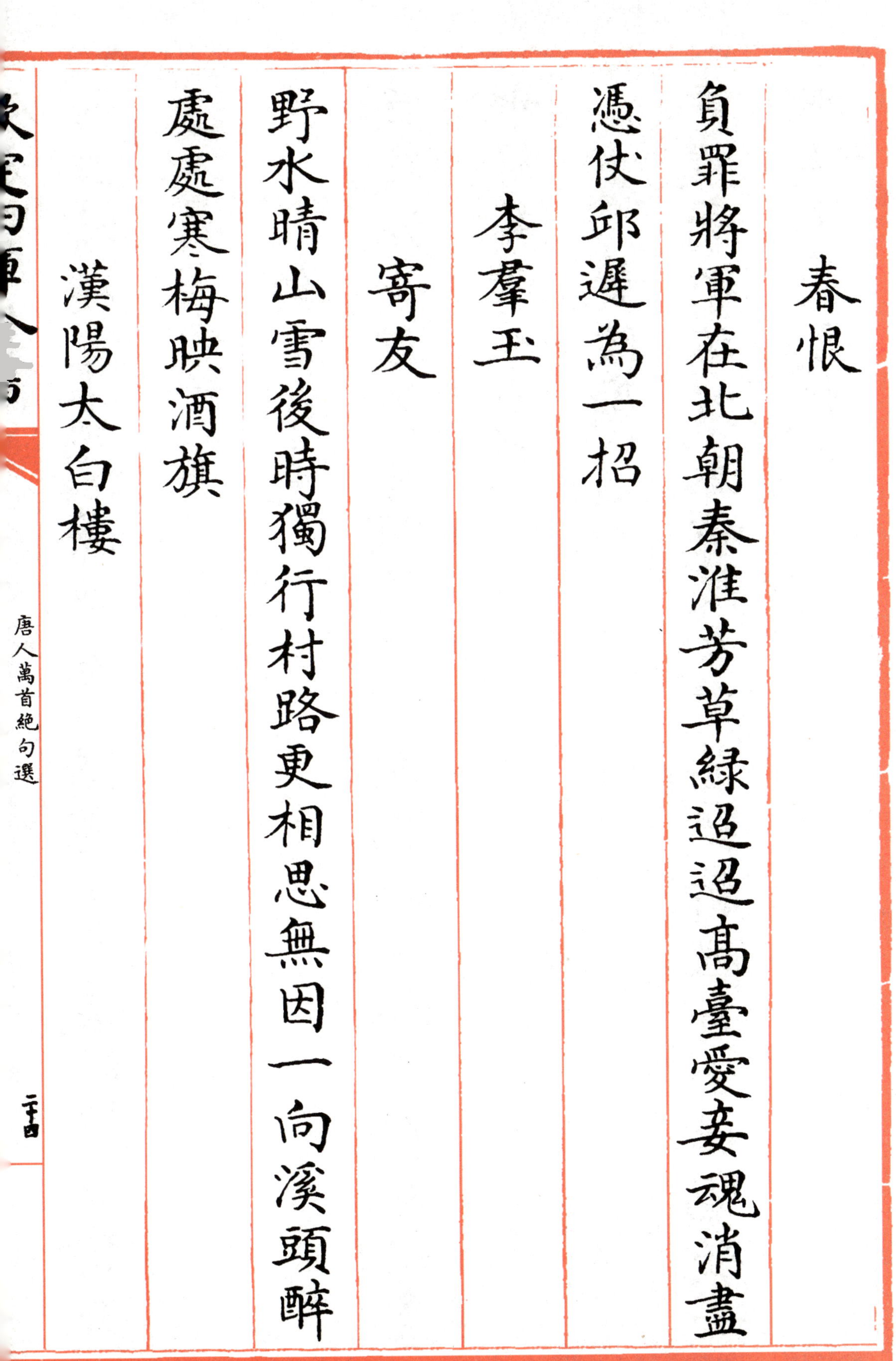



春恨

負罪將軍在北朝秦淮芳草緑迢迢高臺愛妾魂消盡
憑仗邱遲為一招

李羣玉

寄友

野水晴山雪後時獨行村路更相思無因一向溪頭醉
處處寒梅映酒旗

漢陽太白樓

江上晴樓翠靄間滿簾春水滿窗山青楓緑草將愁去
遠入吳雲暝不還

南莊春曉

草暖沙長望去舟微茫煙浪向巴邱沅湘寂寂春歸盡
水緑蘋香人自愁

黄陵廟

黄陵廟前莎草春黄陵女兒茜裙新輕舟小檝唱歌去
水遠山長愁殺人

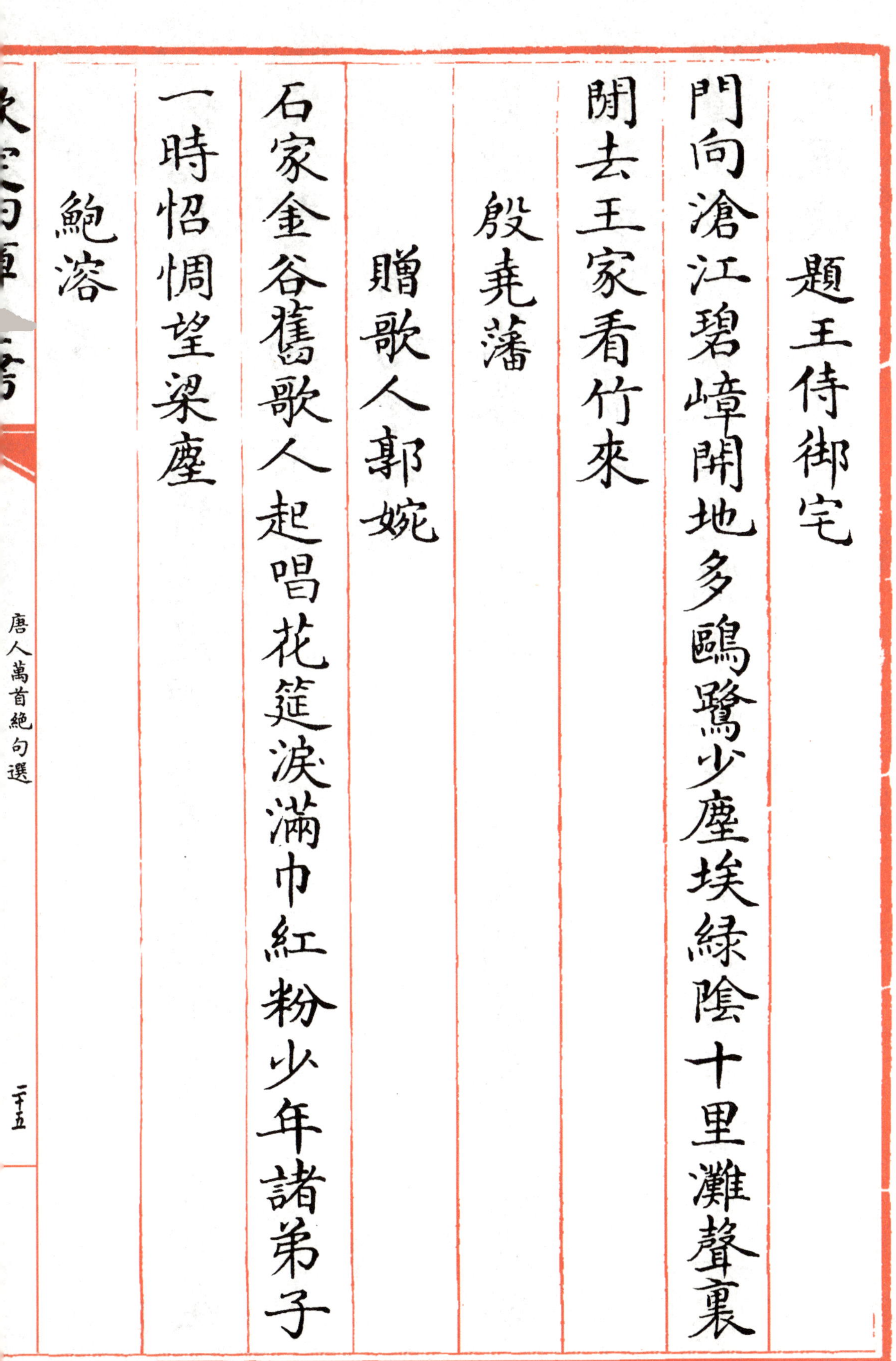

題王侍御宅

門向滄江碧嶂開地多鷗鷺少塵埃綠陰十里灘聲裏
閉去王家看竹來

殷堯藩

贈歌人郭婉

石家金谷舊歌人起唱花筵淚滿巾紅粉少年諸弟子
一時怊惆望梁塵

鮑溶

隋宫

柳塘煙起日西斜竹浦風迴鴈弄沙煬帝春游古城在
壞宫芳草滿人家

贈楊鍊師

紫煙衣上繡春雲清隱山書小篆文明月在天將鳳管
夜深吹向玉晨君
道士夜誦蘂珠經白鶴下繞香煙聽夜移經盡人上鶴
天風吹入秋冥冥

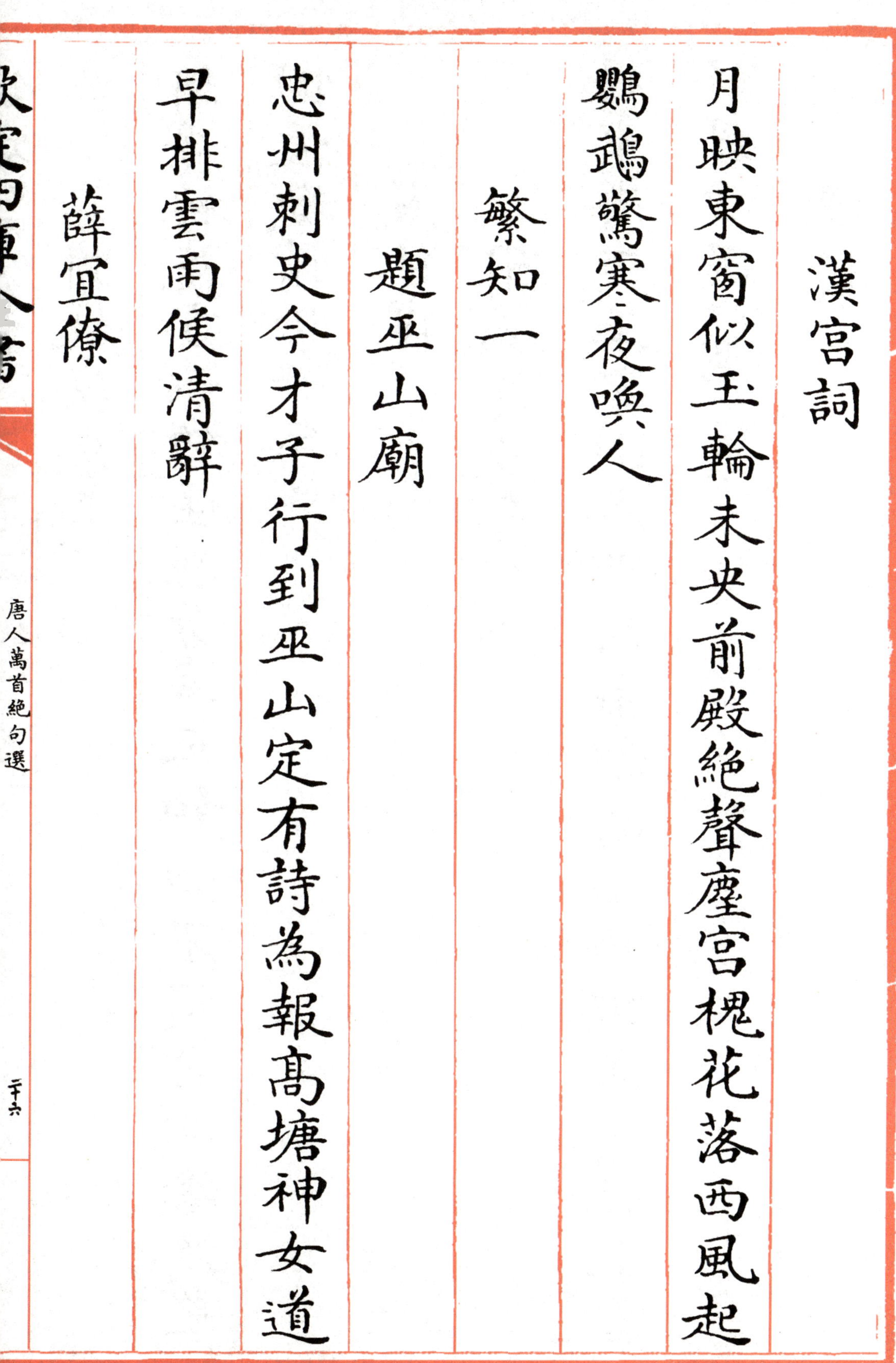

漢宮詞

月映東窗似玉輪未央前殿絶聲塵宮槐花落西風起鸚鵡驚寒夜喚人

繁知一

題巫山廟

忠州刺史今才子行到巫山定有詩為報高塘神女道早排雲雨候清辭

薛宜僚

別妓段東美

阿母桃花方似錦王孫芳草正如煙不須更向滄溟望

惆悵歡情恰一年

嚴休復

聞玉蘂院真人降

羽車潛下玉龜山塵世何由覩蕣顔唯有無情枝上雪

好風吹綴綠雲鬟

陳羽

吳中覽古

吳王舊國水煙空香徑無人蘭葉紅春色似憐歌舞地
年年先發館娃宮

將歸舊山留別

相共遊梁今獨還異鄉搖落憶青山信陵死後無公子
徒向夷門學抱關

湘君祠

二妃哭處湘江深二妃愁處雲沉沉商人酒滴廟前草

蕭颯風生斑竹林

襄陽過孟子舊居

襄陽城郭春風裏漢水東流去不還孟子死來江樹老
煙霞猶在鹿門山

唐人萬首絶句選卷五

唐人萬首絶句選卷六

宋　洪邁　元本

刑部尚書王士禎選

七言四

杜牧

過勤政樓

千秋佳節名空在承露絲囊世已無唯有紫苔偏稱意

年年因雨上金鋪

思舊遊

十載飄然繩檢外罇前自獻自爲酬秋山春雨閒吟處倚徧江南寺寺樓

李白題詩水西寺古木回巖樓閣風半醒半醉遊三日紅白花開山雨中

過華清宮

長安回望繡成堆山頂千門次第開一騎紅塵妃子笑

無人知是荔枝來

登樂遊原

長空澹澹孤鳥没萬古消沈向此中看取漢家何事業五陵無樹起秋風

沈下賢

斯人清唱何人和草徑苔蕪不可尋一夕小敷山下夢水如環珮月如襟

將赴吳興登樂遊原

清時有味是無能閒愛孤雲靜愛僧欲把一麾江海去樂遊原上望昭陵

江南春

千里鶯啼緑映紅水村山郭酒旗風南朝四百八十寺多少樓臺烟雨中

雲夢澤

日旗龍旆想飄揚一索功高縛楚王直是超然五湖客未如終始郭汾陽

題城樓

嗚軋江樓角一聲，微陽瀲瀲落寒汀。不用憑欄苦回首，故鄉七十五長亭。

初冬夜飲

淮陽多病偶求歡，客袖侵霜舉燭盤。砌下梨花一堆雪，明年誰此凭闌干。

斑竹筒簟

血染斑斑成錦文，千年遺恨至今存。分明知是湘妃淚

何忍將身卧淚痕

醉後題僧院

觥船一棹百分空十載青春不負公今日鬢絲禪榻畔茶烟輕颺落花風

赤壁

折戟沈沙鐵未消自將磨洗認前朝東風不與周郎便銅雀春深鎖二喬

泊秦淮

煙籠寒水月籠沙夜泊秦淮近酒家商女不知亡國恨
隔江猶唱後庭花

秋浦途中

瀟瀟山路窮秋雨淅淅溪風兩岸蒲為問寒沙新到鴈
來時還下杜陵無

題桃花夫人廟

細腰宮裏露桃新脉脉無言度幾春至竟息亡緣底事
可憐金谷墜樓人

寄揚州韓綽判官

青山隱隱水迢迢秋盡江南草未凋二十四橋明月夜玉人何處教吹簫

鄭瓘協律

廣文遺韻留樗散雞犬圖書共一船自說江湖不歸事阻風中酒過年年

江上

楚鄉寒食橘花時野渡臨風駐綵旗草色連雲人去住

水紋如縠燕差池

宣州開元寺

松寺曾同一鶴棲夜深臺殿月高低何人為倚東樓柱

正是千山雪漲溪

南陵道中

南陵水面漫悠悠風緊雲寒欲變秋正是客心孤迥處

誰家紅袖凭江樓

遣懷

落魄江湖載酒行楚腰纖細掌中情十年一覺揚州夢
赢得青樓薄倖名

山行

遠上寒山石徑斜白雲深處有人家停車坐愛楓林晚
霜葉紅於二月花

懷吳中馮秀才

長洲苑外草蕭蕭却計郵程歲月遥唯有别時今不忘
暮煙秋雨過楓橋

七夕

銀燭秋光冷畫屏輕羅小扇撲流螢瑤階夜色凉如水

坐看牽牛織女星

華清宮

零葉翻紅萬樹霜玉蓮開蕊暖泉香行雲不下朝元閣

一曲淋鈴淚萬行

郡樓有宴病不赴

十二層樓敞畫簷連雲歌盡草纖纖空堂病怯階前月

燕子嗔垂一桁簾

隋苑

紅霞一抹廣陵春定子當筵睡臉新却笑即墟隋煬帝破家亡國為何人

邉上聞笳

何處吹笳薄暮天塞垣高鳥没狼煙遊人一聽頭堪白蘇武爭禁十九年

金谷園

繁華事散逐香塵流水無情草自春日暮東風怨啼鳥
落花猶似墜樓人

韓琮

楊柳枝詞

枝鬭纖腰葉鬭眉春來無處不如絲灞陵原上多離別
少有長條拂地垂

暮春滻水送別

綠暗紅稀出鳳城暮雲宮闕古今情行人莫聽宮前水

流盡年光是此聲

施肩吾

山中得劉秀才京書

自笑家貧客到踈滿庭煙草不曾鋤今朝誰料三千里忽得劉公一紙書

戲贈李主簿

官罷江南客恨遥二年空被酒中消不知暗數春遊處偏憶楊州第幾橋

雍陶

宿嘉陵館樓

離思茫茫正值秋每因風景卻生愁今宵難作刀州夢月色江聲共一樓

和孫明府懷舊山

五柳先生本在山偶然為客落人間秋來見月多歸思自起開籠放白鷴

城西訪友人別墅

灃水橋西小徑斜日高猶未到君家村園門巷多相似處處春風枳殼花

天津橋春望

津橋春水浸紅霞烟柳風絲拂岸斜翠輦不來金殿閉宮鶯銜出上陽花

李商隱

華山題王母祠

蓮花峯下鎖雕梁此去瑶池地共長好為麻姑到東海

勸栽黄竹莫栽桑

華清宫

華清恩幸古無倫猶恐蛾眉不勝人未免被他褒女笑只教天子暫蒙塵

北齊

一笑相傾國便亡何勞荊棘始堪傷小憐玉體横陳夜已報周師入晉陽

巧笑知堪敵萬幾傾城最在著戎衣晉陽已陷休回顧

更請君王獵一圍

夜雨寄北

君問歸期未有期巴山夜雨漲秋池何當共剪西牎燭

却話巴山夜雨時

贈歌妓

水晶如意玉連環下蔡城危莫破顏紅綻櫻桃含白雪

斷腸聲裏唱陽關

寄令狐郎中

嵩雲秦樹久離居雙鯉迢迢一紙書休問梁園舊賓客
茂陵秋雨病相如

杜司勳

高樓風雨感斯文短翼差池不及羣刻意傷春復傷别
人間唯有杜司勳

岳陽樓

漢水方城帶百蠻四鄰誰道亂周班如何一夢高唐雨
自此無心入武關

寄成都二從事

家近虹渠曲水濱全家羅襪起秋塵莫將越客千絲網

網得西施别贈人

漢宫詞

青雀西飛竟未回君王長在集靈臺侍臣最有相如渴

不賜金莖露一杯

柳

曾逐東風拂舞筵樂遊春苑斷腸天如何肯到清秋日

已帶斜陽又帶蟬

爲有

爲有雲屏無限嬌鳳城寒盡怕春宵無端嫁得金龜壻辜負香衾事早朝

飲席代官妓贈兩從事

新人橋上著春衫舊主江邊側帽簷願得化爲紅綬帶許教雙鳳一時銜

代魏宫私贈

來時西館阻佳期去後漳河隔夢思知有宓妃無限意
春松秋菊可同時

詠史

北湖南埭水漫漫一片降旗百尺竿三百年間同曉夢
鍾山何處有龍盤

漢宮

通靈夜醮達清晨承露盤晞甲帳春王母西歸方朔去
更須重見李夫人

江東

驚魚潑刺燕翩翩獨自江東上釣船今日春光太漂蕩
謝家輕絮沈郎錢

代應

本來銀漢是紅牆隔得盧家白玉堂誰與王昌報消息
盡知三十六鴛鴦

過鄭廣文舊居

宋玉平生恨有餘遠循三楚弔三閭可憐留著臨江宅

異代應教庾信居

涉洛川

通谷陽林不見人我來遺恨古時春宓妃漫結無窮恨不為君王殺灌均

宮妓

珠箔輕明拂玉墀披香新殿鬭腰支不須看盡魚龍戲終遣君王怒偃師

宮詞

君恩如水向東流得寵憂移失寵愁莫向尊前奏花落
涼風只在殿西頭

代贈

樓上黃昏欲望休玉梯橫絶月中鈎芭蕉不展丁香結
同向春風各自愁
東南日出照高樓樓上離人唱石州總把春山掃眉黛
不知供得幾多愁

瑶池

瑶池阿母綺牕開黃竹歌聲動地哀八駿日行三萬里
穆王何事不重來

板橋曉别

回望高城落曉河長亭牕户壓微波水仙欲上鯉魚去
一夜芙蓉紅淚多

夕陽樓

花明柳暗繞天愁上盡重城更上樓欲問孤鴻向何處
不知身世自悠悠

西南行却寄相送者

百里陰雲覆雪泥行人只在雪雲西明朝驚破還鄉夢定是陳倉碧野雞

齊宫詞

永壽兵來夜不扃金蓮無復印中庭梁臺歌管三更罷猶自風摇九子鈴

讀任彦昇碑

任昉當年有美名可憐才調最縱横梁臺初建應惆悵

不得蕭公作騎兵

有感

非關宋玉有微辭却是襄王夢覺遲一自高唐賦成後楚天雲雨盡堪疑

過楚宮

巫峽迢迢舊楚宮至今雲雨暗丹楓微生盡戀人間樂只有襄王憶夢中

龍池

龍池賜酒敞雲屏羯鼓聲高衆樂停夜半宴歸宮漏永薛王沉醉壽王醒

嫦娥

雲母屏風燭影深長河漸落曉星沉嫦娥應悔偷靈藥碧海青天夜夜心

憶住一師

無事經年別遠公帝城鐘曉憶西峰爐煙銷盡寒燈晦童子開門雪滿松

寄蜀客

君到臨邛問酒壚近來還有長卿無金徽却是無情物不許文君憶故夫

賈生

宣室求賢訪逐臣賈生才調更無倫可憐夜半虚前席不問蒼生問鬼神

温庭筠

贈少年

江海相逢客恨多秋風葉下洞庭波酒酣夜別淮陰市月照高樓一曲歌

贈彈箏人

天寳年中事玉皇曽將新曲教寧王鈿蟬金鴈皆零落一曲伊州淚萬行

瑶瑟怨

氷簟銀牀夢不成碧天如水夜雲輕鴈聲逺過瀟湘去十二樓中月自明

春日雨

細雨濛濛入絳紗湖亭寒食孟珠家南朝漫自稱流品宮體何曾為杏花

過吳景帝陵

王氣銷來水淼茫豈能才與命相妨虛開直瀆三千里青蓋何曾到洛陽

贈鄭徵君

一拋蘭棹逐燕鴻曾向江湖識謝公每到朱門還悵望

故山多在畫屏中

車駕西遊因而有作

宣曲長楊瑞氣凝上林狐兎待秋鷹誰將詞賦陪雕輦寂寞相如卧茂陵

題端正樹

路傍佳樹碧雲愁曾侍金輿幸驛樓草木榮枯似人事綠陰寂寞漢陵秋

經過翰林袁學士居

劒逐驚波玉委塵謝安門下更何人西州城外花千樹盡是羊曇醉後春

河中紫極宫

昔年曾伴玉真遊每到仙宫即是秋曼倩不歸花落盡滿叢烟露月當樓

夜看牡丹

高低深淺一闌紅把火殷勤照露叢希逸近來成懶病不能容易向春風

題分水嶺

溪水無情似有情入山三日得同行嶺頭便是分頭處

惜别潺湲一夜聲

鄠杜郊居

槿籬芳援近樵家壠麥青青一徑斜寂寞遊人寒食後

夜來風雨送棃花

咸陽值雨

咸陽橋上雨如懸萬點空濛隔釣船還似洞庭春水色

曉雲將入岳陽天

南歌子詞

井底點燈深燭伊共郎長行莫圍碁玲瓏骰子安紅豆入骨相思知不知

段成式

觀碁

閒對文楸傾一壺黄羊枰上幾成都他時謁帝銅池曉便賭宣城太守無

寄溫飛卿牋紙

三十六鱗充使時數番猶得裏相思待將袍襖重鈔了盡寫襄陽播掿詞

嘲飛卿

醉袂幾侵魚子纈飄纓長罥鳳凰釵知君欲作閑情賦應願將身作錦鞵

柳煙梅雪隱青樓殘日黄鸝語未休見說自能裁袙腹不知誰更著帩頭

柔卿解籍戲呈飛卿

長檐犢車初入門金牙新醖盈深罇良人為渍木瓜粉遮却紅腮交午痕

出意挑鬟一尺長金為鈿鳥簇釵梁鬱金種得花茸細添入春衫領裏香

戲高侍御

七尺髮猶三角梳玳牛獨駕長檐車曾城自有三青鳥不要蓮東雙鯉魚

別起青樓作幾層斜陽幔卷轆轤繩厭裁魚子深紅纈
泥覓蜻蜓淺碧綾
可羡羅敷自有夫愁中漫捋白髭鬚豹錢驄子能擎舉
兼著連乾許換無
許渾
寄桐江隱者
潮去潮來洲渚春山花如繡草如茵嚴陵臺下桐江水
解釣鱸魚有幾人

謝亭送別

勞歌一曲解行舟紅葉青山水急流日暮酒醒人已遠滿天風雨下西樓

下第懷友人

獨掩衡門花落時一封書信緩歸期南宗更有瀟湘客夜夜月明聞竹枝

題段太尉廟

靜想追兵緩翠華古碑荒廟閉松花紀生不向滎陽死

爭有山河屬漢家

經秦皇墓

龍盤虎踞樹層層勢入浮雲亦是崩一種青山秋草裏行人惟拜漢文陵

過湘妃廟

古木蒼山掩翠娥月明南浦起微波九疑望斷幾千載斑竹淚痕今更多

送宋處士歸山

賣藥修琴歸去遲山風吹盡桂花枝世間甲子須臾事

逢著仙人莫看棊

秦樓曲

秦女夢餘仙路遥月牕風簟夜迢迢潘郎翠鳳雙飛去

三十六宫聞玉簫

楚宫怨

十二峯晴花盡開楚宫雙闕對陽臺細腰爭舞君王醉

白日秦兵天上來

聽唱山鷓鴣

金谷歌傳第一流鷓鴣清怨碧煙愁夜來省得曾聞處
萬里月明湘水秋

學仙

心期仙訣意無窮采畫雲車起壽宮聞有三山未知處
茂陵松柏滿西風

紫藤

緑蔓穠陰紫袖低客來留坐小堂西醉中掩瑟無人會

家近江南罨畫溪

趙嘏

烏栖曲

宮烏栖處玉樓深微月生簷夜夜心香輦不回花自落

春來空佩辟寒金

宛陵望月寄沈學士

一川如畫敬亭東待詔閒遊處處同天竺山前鏡湖畔

何如今日庾樓中

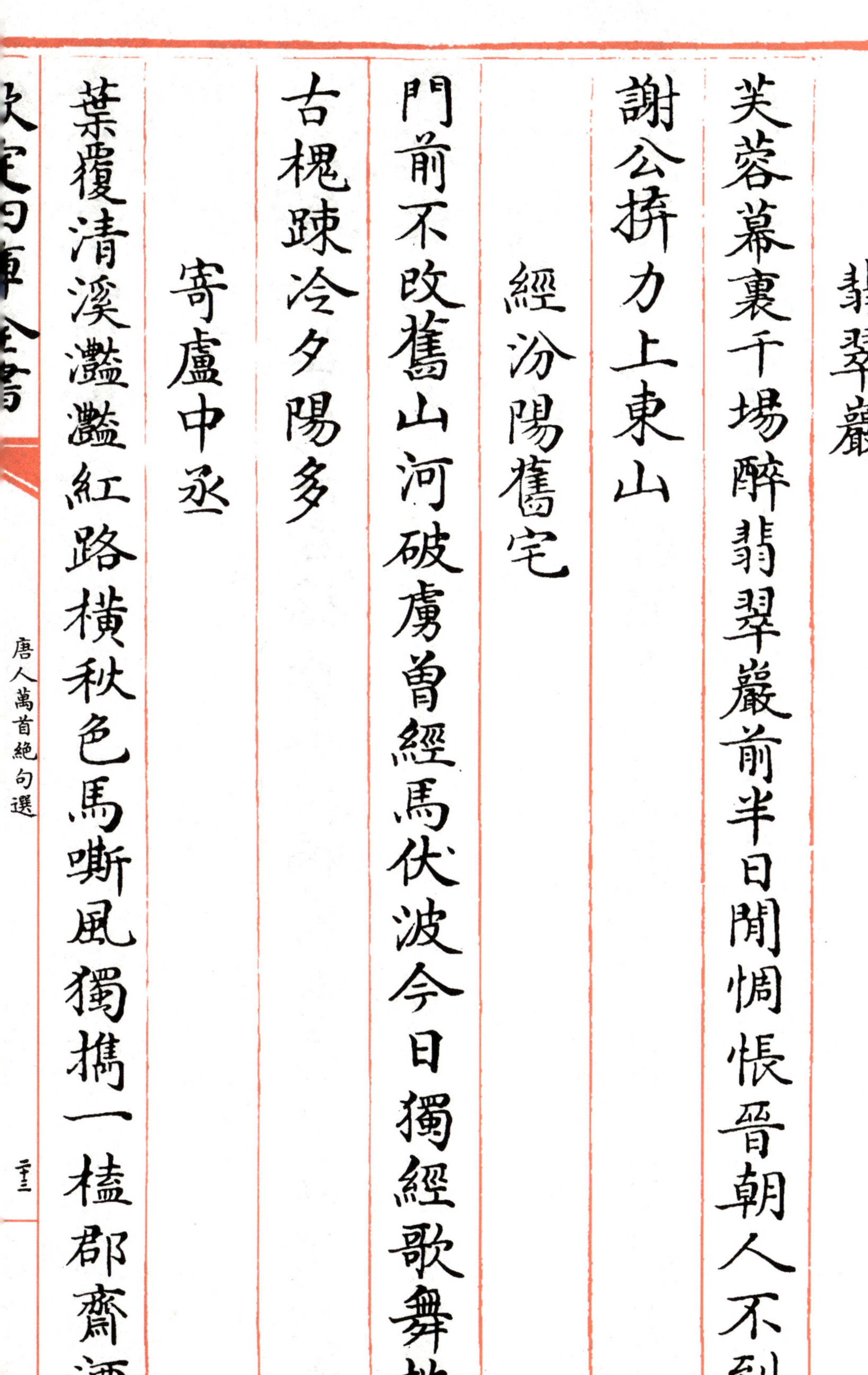



翡翠巖

芙蓉幕裏千場醉翡翠巖前半日閒惆悵晉朝人不到
謝公携力上東山

經汾陽舊宅

門前不改舊山河破虜曾經馬伏波今日獨經歌舞地
古槐疎冷夕陽多

寄盧中丞

葉覆清溪灩灩紅路橫秋色馬嘶風獨携一榼郡齋酒

吟對青山憶謝公

尋僧

溪户無人谷鳥飛石橋横木挂禪衣看雲日暮倚松立

野水亂鳴僧未歸

西江晚泊

茫茫藹藹失西東柳浦桑村處處同戍鼓一聲帆影盡

水禽飛起夕陽中

江樓感舊

獨上江樓思渺然月光如水水如天同來望月人何處
風景依稀似去年

送從翁中丞奉使黠戛斯

旌旗杳杳鴈蕭蕭春盡窮沙雪未消料得堅昆受宣後
始知公主已歸朝

寄遠

禁鐘聲盡見棲禽關塞迢迢故國心無限春愁莫相問
落花流水洞房深

聽琴

抱琴花夜不勝春獨奏相思淚滿巾第五指中心最恨數聲嗚咽為何人

盧弼

邊庭四時怨

朔風吹雪透刀瘢飲馬長城窟更寒夜半火來知有敵一時齊保賀蘭山

皇甫松

浪淘沙詞

蠻歌荳蔻北人愁松雨蒲風野艇秋浪起鵁鶄眠不得
寒沙細細入江流

劉皁

長門怨

蟬鬢慵梳倚帳門蛾眉不掃慣承恩傍人未必知心事
一面残妝空淚痕

馬戴

送友人遊邉

有客新從絶塞回自言曾上李陵臺尊前話盡北風起秋色蕭條胡鴈來

薛能

折楊柳

洛橋晴影覆江船羌笛秋聲溼塞烟閒想習池公宴罷水蒲風絮夕陽天

吳姫

身是三千第一名内家叢裏獨分明芙蓉殿上中元日
水拍銀盆弄化生

鄭畋

初秋寓直

曉星猶挂結璘樓三殿風高藥樹秋玉笛數聲飄不住
閒人依約在東頭

馬嵬坡

玄宗回馬楊妃死雲雨難忘日月新終是聖明天子事

景陽宮井又何人

崔珏

席上贈琴客

七條弦上五音寒此藝知音自古難唯有開元房太尉始終憐得董庭蘭

唐人萬首絶句選卷六

欽定四庫全書

# 唐人萬首絶句選卷七

宋 洪邁 元本

刑部尚書王士禎選

## 七言五

陸龜蒙

### 石竹花

曾看南朝畫國娃古羅衣上碎明霞而今莫共金錢鬬

買却春風是此花

送綦客

滿目山川似勢綦況當秋鴈正斜飛金門若召羊玄保賭取江東太守歸

鄴宫詞

花飛蝶駭不愁人水殿雲廊别置春曉日靚粧千騎女白櫻桃下紫綸巾

懐宛陵舊游

陵陽佳地昔年游謝朓青山李白樓唯有日斜溪上思酒旗風影落春流

白蓮

素蘤多蒙别艷欺此花真合在瑶池無情有恨何人見月曉風清欲墮時

後池

曉烟清露暗相和浴鴈浮鷗意緒多却是陳王詞賦錯枉將心事託微波

初冬偶作

桐下空階疊緑錢貂裘初綻擁髙眠小爐低幌還遮掩

酒滴灰香似去年

簾

枕映踈容晚向欹秋烟脈脈雨微微迎風障燕尋常事

不學人前當妓衣

秘色越器

九秋風露越窰開奪得千峰翠色來好向中宵盛沆瀣

共嵇中散闕遺杯

木蘭花或作李商隱

洞庭波浪渺無津日日征颿送遠人幾度木蘭舟上望不知元是此花身

皮日休

重臺荷花

欹紅婑媠力難任每葉頭邊半米金可得教他水妃見兩重原是一重心

松江早春

松陵清淨雪消初見底新安恐未如穩凭船舷無一事分明數得鱠殘魚

病酒

鬱林步障晝遮明一炷濃香養病酲何事晚來還欲飲隔牆聞賣蛤蜊聲

玩金鸂鶒

鏤羽雕毛迥出羣温馨飄出麝臍熏夜來曽吐紅茵畔

猶自溪邊睡不聞

李訥

聽盛小叢歌贈崔侍御

繡衣奔命去情多南國佳人斂翠蛾曾向教坊聽國樂為君重唱盛叢歌

高湘

奉和

謝安春渚餞袁宏千里仁風一扇清歌黛慘時方酩酊

不知公子重飛觥

盧溵

奉和

烏臺上客紫髯公共捧天書静鏡中桃葉不須歌白苧耶谿落雨起樵風

鄭谷

淮上與友人别

楊子江頭楊柳春楊花愁殺渡江人數聲風笛離亭晚

君向瀟湘我向秦

席上贈歌者

花月樓臺近九衢清歌一曲倒金壺坐中亦有江南客莫向春風唱鷓鴣

吳融

閿鄉卜居

六載抽毫侍禁闈不堪多病決然歸五陵年少如相問阿對泉頭一布衣

楚事

悲秋應亦祇傷春屈宋當年並楚臣何事從來好時節
只將惆悵付詞人

高蟾

金陵晚望

曾伴浮雲歸晚翠猶陪落日汎秋聲世間無限丹青手
一片傷心畫不成

馬逢

從軍

漢馬千蹄合一羣單于鼓角隔山聞沙塠風起紅樓下飛上胡天作陣雲

宮詞

玉樓天半起笙歌風送宮人笑語和月殿影開聞曉漏水精簾捲近秋河

孟遲

過驪山

冷日微烟渭上愁華清宫樹不勝秋霓裳一曲千門鎖白盡梨園弟子頭

崔櫓

華清宫

草遮回磴絶鳴鑾雲樹深深碧殿寒明月自來還自去更無人倚玉闌干

門横金鎖悄無人落日秋聲渭水濱紅葉下山寒寂寂濕雲如夢雨如塵

王貞白

折楊柳

枝枝交影鏁長門嫩色曾沾雨露恩鳳輦不來春欲盡
空留鶯語到黄昏

劉言史

泊花石浦

舊業叢臺廢苑東幾年為梗復為蓬杜鵑啼斷還家夢
半在邯鄲驛樹中

宋邕

春日

輕花細葉滿林端昨夜春風曉色寒黃鳥不堪愁裏聽綠楊宜向雨中看

李郢

送李判官

津市停橈送别難熒熒蠟炬照更闌東風萬疊吹江月誰伴袁襃宿夜灘

宿杭州虛白堂

秋月斜明虛白堂寒蛩唧唧樹蒼蒼江風徹曉不得睡二十五聲秋點長

裴夷直

贈美人琴絃

應從玉指到金徽萬態千情料可知今夜燈前湘水怨殷勤封在七條絃

儲嗣宗

小樓

松杉風外亂山青曲几焚香對石屏空憶去年春雨後燕泥時汚太玄經

月夜

鴈池衰草露沾衣河水東流萬事微寂寞青陵臺上月秋風滿樹鵲南飛

羅鄴

放鸕鷀

好倚青山與碧谿刺桐毛竹待雙棲花時遷客傷離別
莫向相思樹上啼

秋怨

夢斷南牕啼曉烏新霜昨夜下庭梧不知簾外如規月
還照邊城到曉無

羅虬

比紅兒詩

陷却平陽為小憐周師百萬戰長川更教乞與紅兒貌

舉國山河不直錢

一曲都緣張麗華六宮齊唱後庭花若教比並紅兒貌

枉破當時國與家

樂營門外柳如陰中有佳人畫閣深若使五陵公子見

買時應不惜千金

詔下人間選好花月眉雲髻盡名家紅兒若向當時見

螓臂先封第一紗

拔得芙蓉出水新魏家公子信才人若教瞥見紅兒貌

不肯留情賦洛神

樹樹西風日半沈地無人跡轉傷心阿嬌得似紅兒貌

不費長門買賦金

薄羅輕翦越溪紋鵶翅低從兩鬢分料得相如偷見面

不應琴裏挑文君

鸚鵡娥如裛露紅鏡前眉樣自深宮稍教得似紅兒貌

不嫁南朝沈侍中

青史書來未是真可知織智却狂秦再三為謝齊王后

要解連環別與人

蘇小輕匀一面妝便留名字著錢塘藏鴉門外諸年少不識紅兒未是狂

天碧輕紗只六銖究風含露透肌膚便教漢曲爭明媚應沒心情更弄珠

金粟妝成扼臂環舞腰輕轉瑞雲間紅兒生在開元末羞殺新豐謝阿蠻

羅隱

煬帝陵

入郭登橋出郭船紅樓日日柳年年君王忍把平陳業

只換雷塘數畝田

司空圖

有感

國事皆須救未然漢家高閣漫凌烟功臣盡遺詞人贊

不省滄洲畫魯連

華下

故國春歸未有涯小闌高檻别人家五更惆悵回孤枕猶有殘燈照落花

狂題

别鶴淒凉指法存戴逵能恥近王門世間第一風流事借得王公玉枕痕

韓偓

聞雨

香侵蔽膝夜寒輕聞雨傷春夢不成羅帳四垂紅燭背

玉釵敲著枕函聲

已涼

碧闌干外繡簾垂猩色屏風畫折枝八尺龍鬚方錦褥
已涼天氣未寒時

遥見

悲歌淚濕淡燕脂閒立風吹金縷衣白玉堂東遥見後
令人評泊畫楊妃

寒食夜

惻惻輕寒翦翦風杏花飄雪小桃紅夜深斜搭秋千索樓閣朦朧細雨中

新上頭

學梳蟬鬢試新裙消息佳期在此春為愛好多心轉惑徧將宜稱問傍人

閨怨

時光潛去暗淒涼嬾對菱花暈曉妝初折鞦韆人寂寞後園青草任他長

深院

鵞兒唼啑梔黄觜鳳子輕盈膩粉腰深院下簾人晝寢紅薔薇映碧芭蕉

寄鄰莊道侶

聞說經旬不啟關藥𥦗誰伴醉開顔夜來雪壓村前竹剰見溪南幾尺山

劉駕

長門怨

御泉長繞鳳凰樓只是恩波別處流閒揲舞衣歸未得
夜來砧杵六宫秋

崔塗

湘中謠

烟愁雨細雲冥冥杜蘭香老三湘清故山望斷不知處
鶗鴂隔花時一聲

讀漢武内傳

分明三鳥下儲胥一覺鈞天夢不如無那白頭方士到

茂陵紅樹已蕭疎

夷陵夜泊

家依楚塞窮秋别身逐孤舟萬里行一曲巴歌半江月便應消得二毛生

司馬札

宫怨

柳色參差掩畫樓曉鶯啼送滿宫愁年年花落無人見空逐春泉出御溝

冷朝光

越溪怨

越王宫裏如花人越水溪頭采白蘋白蘋未盡人先盡

誰見江南春復春

陳陶

閑居雜興

越里娃童錦作襦豔歌聲壓郢中姝無人説向張京兆

一曲江南十斛珠

隴西行

誓掃匈奴不顧身五千貂錦喪胡塵可憐無定河邊骨

猶是春閨夢裏人

王偃

夜夜曲

北斗星移銀漢低班姬愁思鳳城西青槐陌上人行絶

明月樓前烏夜啼

崔道融

羯鼓

華清宮裏打撩聲供奉絲簧束手聽寂寞鑾輿斜谷裏是誰翻得雨淋鈴

梅

溪上寒梅初滿枝夜來霜月透芳菲清光寂寞思無盡應待琴尊與解圍

酒醒

酒醒撥剔殘灰火多少淒涼在此中爐畔自斟還自醉

竹牕深夜雪兼風

韋莊

鄜州寒食

滿街楊柳緑絲烟畫出清明二月天好是隔簾花樹動女郎撩亂送鞦韆

開元坡下日初斜拜掃歸來走鈿車可惜數枝紅艷好不知今夜落誰家

雨絲烟柳欲清明金屋人閒暖鳳笙永晝迢迢無一事

隔街聞築氣毬聲

江行西望

西望長安白日遥半年無事駐蘭橈欲將張翰松江雨畫作屏風寄鮑昭

古離别

晴烟漠漠柳毿毿不那離情酒半酣更把玉鞭雲外指斷腸春色在江南

一生風月供惆悵到處烟花恨别離至竟多情何處好

少年長抱長年悲

金陵圖

誰為傷心畫不成畫人心逐世人情君看六幅南朝事老木寒雲滿故城

江雨霏霏江草齊六朝如夢鳥空啼無情最是臺城柳依舊烟籠十里隄

孫光憲

竹枝

門前春水白蘋花岸上無人小艇斜商女經過江欲暮

散抛殘食飼神鴉

楊柳枝

闔門風暖落花乾飛徧江城雪不寒獨有晚來臨水驛

閒人多凭赤闌干

王渙

惆悵詞

李夫人病已經秋漢武看來不舉頭得所穠華消歇盡

楚魂湘血一生休

隋師戰艦欲亡陳國破應難保此身訣别徐郎淚如雨

鑑鸞分後屬何人

嗚咽離聲管吹秋妾身今日為君休齊奴不説平生事

忍看花枝謝玉樓

七夕瓊筵往事陳兼花連蔕共傷神蜀王殿裏三更月

不見驪山私語人

陳宮興廢事難期三閣空餘緑草基狎客淪亡麗華死

他年江令獨來時

少卿降北子卿還朔野離觴慘別顔却到茂陵惟一慟

節毛零落鬢毛斑

夢裏分明入漢宫覺來燈背錦屏空紫臺月落關山曉

腸斷君恩信畫工

杜荀鶴

新鴈

暮天新鴈起汀洲紅蓼花疎水國秋想得故園今夜月

幾人相憶在江樓

張泌

惜花

蝶散鶯啼尚數枝日斜風定更離披看多記得傷心事金谷樓前委地時

寄人

別夢依依到謝家小廊回合曲闌斜多情只有春庭月猶為離人照落花

酷憐風月為多情還到春時別恨生倚柱尋思倍惆悵

一場春夢不分明

李九齡

山中寄友人

亂雲堆裏結茅廬已共紅塵跡漸踈莫問野人生計事

牕前流水枕前書

蔣吉

旅泊

霜月初高鸜鵒洲美人清唱發紅樓鄉心暗逐秋江水直到吳山脚下流

孫元晏

庾信

苦心詞賦向誰談淪落咸陽志豈甘可惜多才庾開府一生惆悵憶江南

馬彧

贈韓定辭

燧林芳草綿綿思盡日相攜陟麗譙別後巑岏山上望羨君時復見王喬巑讀如權旌詳顏氏家訓

韓定辭

酬馬彧

崇霞臺上神仙客學辨癡龍藝最多盛德好將銀筆述麗詞堪與雪兒歌

開元名公

裴給事宅白牡丹

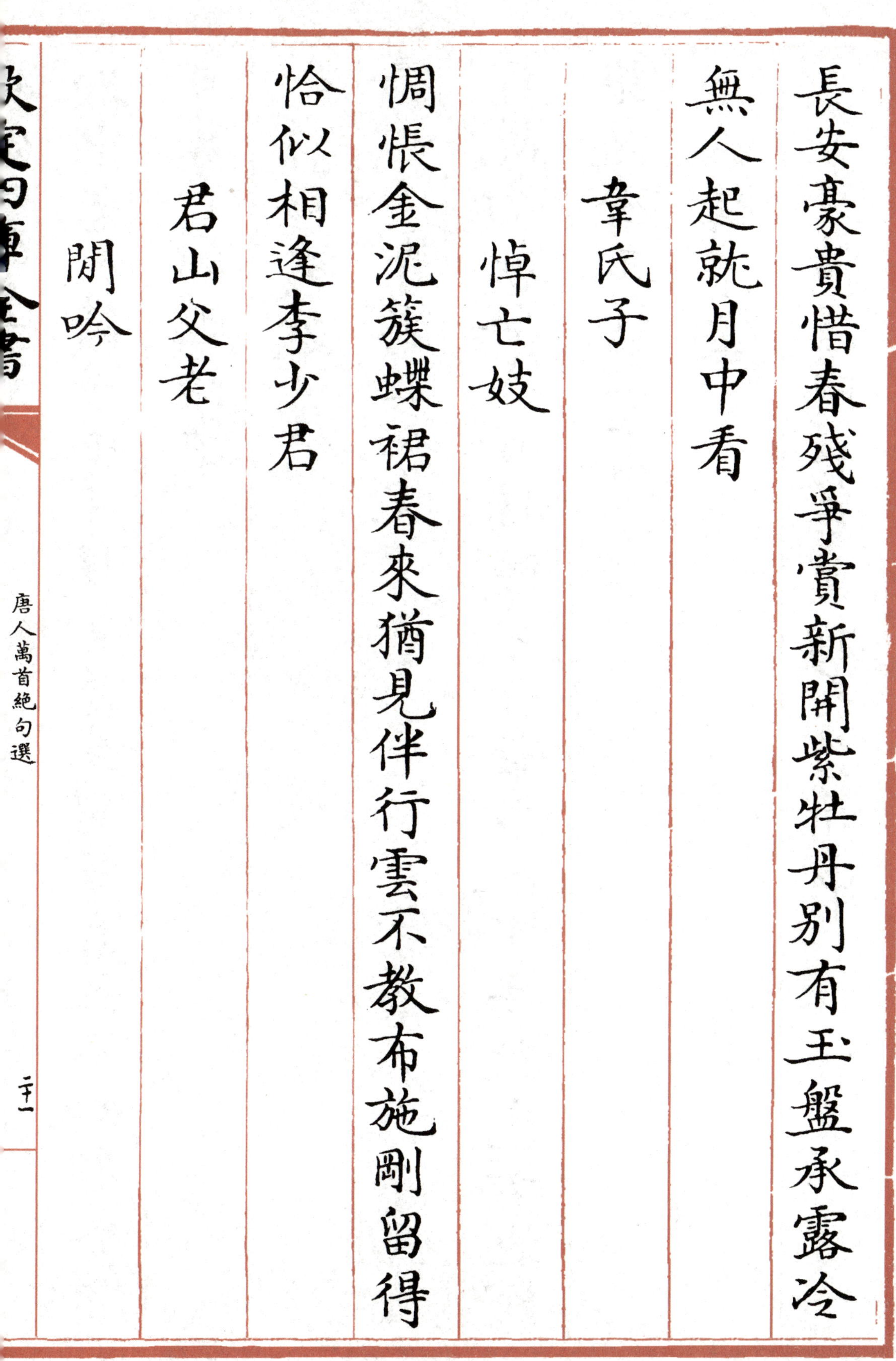

長安豪貴惜春殘爭賞新開紫牡丹別有玉盤承露冷無人起就月中看

韋氏子

悼亡妓

惆悵金泥簇蝶裙春來猶見伴行雲不教布施剛留得恰似相逢李少君

君山父老

閒吟

湘中老人讀黄老手援紫藟坐碧草春至不知湘水深

日暮亡却巴陵道

釋皎然

青陽上人院

君説南朝全盛日秣陵才子最多人千年秋色古池館

誰見齊王西邸春

釋清塞

憶潯陽舊居兼贈長孫郎中

潯陽却到知何日此地今無舊使君長憶窮冬冬宿廬岳瀑泉氷折共僧聞

釋無本

行次漢上

習家池沼草萋萋嵐樹光中信馬蹄漢主廟前襄水碧一聲風角夕陽低

梅妃

謝賜珍珠

桂葉雙眉久不描殘妝和淚污紅綃長門盡日無梳洗
何必真珠慰寂寥

杜秋孃所歌

金縷曲

勸君莫惜金縷衣勸君須惜少年時有花堪折直須折
莫待無花空折枝

魚玄機

送盧員外

玉壘山前風雪夜錦官城北别離魂信陵公子如相問長向夷門感舊恩

薛濤

送友人

水國蒹葭夜有霜月寒山色共蒼蒼誰言千里自今夕離夢杳如關塞長

竹郎廟

竹郎廟前多古木夕陽沈沈山更緑何處江村有笛聲

聲聲盡是迎郎曲

武昌妓

續韋蟾句

悲莫悲兮生别離登山臨水送將歸武昌無限新栽栁

不見楊花撲面飛

湘妃廟女子

無題

碧杜紅蘅縹緲香氷絲彈月弄新凉峰巒一一渾相似

九處堪疑九斷腸

少將風月怨平湖見盡扶桑水到枯相約杏花壇上去畫闌紅子鬬摴蒱

桐廬神

與徐兵曹酬獻

忽然湖上片雲飛不覺舟中雨濕衣折得荷花渾忘却空將荷葉蓋頭歸

甘棠叟

無題

春草萋萋春水緑野棠開盡飄香玉繡嶺宫前鶴髮人猶唱開元太平曲

襄州舉人

無題

流水涓涓芹努芽織烏西飛客還家荒村無人作寒食殯宫空對棠梨花

天竺牧童

別李源

身前身後事茫茫欲話因緣恐斷腸吳越山川尋已徧
却回烟棹上瞿唐

屏上美人

春陽曲

長安少女踏春陽何處春陽不斷腸舞袖弓彎渾忘却
羅帷空度九秋霜

樂府辭蓋嘉運進

涼州歌

朔風吹葉鴈門秋萬里烟塵昏戍樓征馬長嘶青海北

胡笳夜聽隴山頭

突厥三臺

鴈門山上鴈初飛馬邑欄中馬正肥昨日山西逢驛使

殷勤南北送征衣

蘆中集

讀庾信集

四朝十帝盡風流建業長安兩醉游唯有一篇楊柳曲
江南江北為君愁

初過漢江

襄陽好向峴亭看人物蕭條值歲闌為報習家多置酒
夜來風雪過江寒

無名氏

雜詩

近寒食雨草萋萋著麥苗風柳映堤等是有家歸未得

杜鵑休向耳邊啼

浙江輕浪古悠悠望海樓吹望海愁莫恠鄉心隨魄斷
十年為客在他州

無定河邊暮笛聲赫連臺畔旅人情函關歸路千餘里
一夕秋風白髮生

花落長川草色青暮山重疊雨冥冥逢春便覺飄蓬苦
今日分飛一涕零

唐人萬首絶句選卷七

總校官進士臣程嘉謨
校對官主事臣陳　墉
謄録監生臣顧鴻才

**圖書在版編目（CIP）數據**

唐人萬首絶句選 / (清) 王士禛選編. — 北京：中國書店, 2018.8
ISBN 978-7-5149-2123-6

Ⅰ. ①唐… Ⅱ. ①王… Ⅲ. ①絶句 – 詩集 – 中國 – 唐代 Ⅳ. ①I222.742

中國版本圖書館CIP數據核字(2018)第084833號

四庫全書·總集類

**唐人萬首絶句選**

作　者　清·王士禛　選編
出版發行　中國書店
地　址　北京市西城區琉璃廠東街一一五號
郵　編　一〇〇〇五〇
印　刷　山東潤聲印務有限公司
開　本　730毫米×1130毫米　1/16
印　張　21.5
版　次　二〇一八年八月第一版第一次印刷
書　號　ISBN 978-7-5149-2123-6
定　價　七八　元